大旗出版
BANNER PUBLISHING

大旗出版
BANNER PUBLISHING

盜家寶藏
陸
樓蘭奇宮II

沙暴後現形的神祕伊斯蘭陵墓，
吸引著一干人等的目光。
期待解開石門上古阿拉伯文的謎語，
前往裡頭大膽尋寶的「專業考古隊」，
即將各顯神通，
朝大漠中那黑洞洞、靜悄悄的深處走去……

國家寶藏 陸

樓蘭奇宮 II

目錄

第二十五章　高貴的白骨

郎世鵬和王植則圍著那狼頭人雕像轉了好幾圈，王植大惑不解：「這……這不是古埃及人崇拜的胡狼之神嗎？它應該是古埃及的神，怎麼會在新疆出現？」郎世鵬說：「胡狼的確是古埃及人崇拜的動物，埃及人信奉伊斯蘭教，和其他伊斯蘭國家同樣崇拜胡狼，連蒙古和滿人也有崇拜狼的習俗，所以不算什麼稀奇事。」

田尋問道：「這胡狼之神是否就是古埃及傳說中的死神阿努比斯？」郎世鵬說：「不完全正確，那只是一種通俗叫法。在古埃及神話中，真正的死神是阿努比斯的父親奧西里斯，而阿努比斯的角色是評判每一個死去的人是否有資格上天堂。傳說中所有死去的人都要先經過他這關，阿努比斯的方法是：把死者的心臟和一片羽毛分置於天秤兩端，如果心臟比羽毛還輕的話，那麼這個人就是生前有罪，只好下地獄被魔鬼吞噬，反之才可以上天堂和神同樂。也就是說，他是介於人間和陰間之中的神，埃及人稱之為：亡靈守護者。」

大海聽得有趣，他撇了撇嘴說：「要真是這樣，那所有的人都能上天堂了，誰

第二十五章　高貴的白骨

的心臟還沒有一片羽毛沉？就算晾乾了、切成片也照樣有。」

大家都哄笑起來。郎世鵬說：「那只不過是傳說罷了，古埃及人認為凡是壞人的心臟都是空的，所以才會比羽毛還輕。」王植笑了：「古人還真聰明，都說壞人沒有好心肝，看來還是蠻對的。」

史林、提拉潘和姜虎等人對這些古蹟無甚興趣，他們都坐在斜牆上嘴裡嚼著從雅滿蘇鎮買的牛肉乾。斜牆左面牆角處堆了很多沙土，一隻沙蠍從沙堆中鑽出，史林怕給牠螫到，順勢抬腳踢飛。田尋看著這斜牆，心中有些疑惑：「為什麼這牆左面積了很多沙，而右面卻沒有呢？」

大江、大海兄弟倆喝著礦泉水湊了過來：「那有什麼可疑的，風吹的嘛，沙漠裡天天都在颳風！」田尋說：「不對，你右面那堵斜牆，內側也積有很多沙土，如果說是從左面刮來的風，將沙子堆到了左牆角，可這右牆的內側有左牆擋著，那麼這內側的沙土又是從哪來的呢？」

王植走過來問道：「那你的意思是？」

田尋道：「我猜測很可能是這裡曾經被黃沙深埋在地下，而剛才的那陣沙暴將大量黃沙刮跑，這裡才又露出了地面，你們看，這人頭馬身的雕像上有一些類似霉斑的東西，那邊的狼頭人像也有，也許就是埋在沙土裡、長年累月發霉的結果。」

王植點了點頭，覺得很有道理。郎世鵬說：「想證實你的推斷很簡單，我們看看這石山的石縫中是否有沙子就知道了。如果只有少量細沙就說明你說得不對，但如果有大量的積沙那就是正確的。姜虎，爬到石壁頂去看看。」

姜虎應了聲，縱身跳到右面那堵斜牆，猱身而上，不多時就來到了石壁上部。他在石山坡上來回跑了一圈，又順原路跳下，說：「凡是石頭的縫隙裡都有很多沙子，有的沙土還積得很實。」郎世鵬哈哈大笑：「看來田尋的猜測是正確的。怪不得剛才我還在想，這裡雖然地處沙漠腹地，但也不可能沒人來過，怎麼從沒聽報導說過這裡有這麼處古代遺跡呢？」

王植問道：「宋先生，您是著名的古建築學家，依你之見，這石門是什麼來頭？」

回頭去看宋越，卻見他正蹲在那狼頭人像的基座邊，不知道在看什麼。王植走過去彎腰問他：「我說，你在看什麼呢？」宋越喘著粗氣說：「這石基座上有字，好像是古阿拉伯文……羅斯・高先生，請你來翻譯一下這些文字好嗎？」

羅斯・高還站在狼頭人像正前方拍攝著，邊拍邊說：「等我拍完……這狼頭人

第二十五章　高貴的白骨

身像太棒了，我得好好欣賞一下！」郎世鵬走過去夾手奪過他的攝像機：「快去幹正事，待會兒再拍也不晚！」羅斯・高不幹了：「喂，你要幹什麼？快把攝像機還給我，我還沒拍完呢！」

郎世鵬把攝像機扔給姜虎：「我花錢僱你不是來新疆拍風光片的，你那滿肚子外國語第一次派上用場，還不好好表現表現？」姜虎拍著羅斯・高的肩膀，笑著說：「是啊，我們的美國朋友，個人英雄主義的時候到了！」羅斯・高撥開他的手，很不情願地走到宋越跟前，蹲下去看那底座上刻的字。

宋越肚子大，身體也胖，蹲了幾分鐘就覺得有點喘不過氣兒來，他先站直身體喘勻了幾口氣，再費力地蹲下腰去瞧底座上刻的字，邊看邊用手指著說：「羅……羅斯・高先生，你看這幾行字是什麼文字？又是什麼含義？」

羅斯・高辨認著石座上刻的字，邊看邊說：「哦，這是古阿拉伯文，內容是：這裡長眠著……偉大的……伊斯蘭聖裔，他是高貴的……白色骨頭……不要打擾……他那聖潔靈魂的安……安息，否則聖裔的翅膀……會扼殺一切……打擾他的人……」

聽了羅斯・高的翻譯，大家都嚇得夠嗆，田尋說：「原來這是個陵墓的大門！」王植也說：「這是誰的陵墓，怎麼會藏在這石山壁裡？」

郎世鵬微一沉吟：「伊斯蘭聖裔……按史料的說法，所謂伊斯蘭聖裔乃是穆罕默德的後代，可穆罕默德的後人怎麼會在新疆修陵墓？」

宋越說：「他是高貴的白骨頭……這句話很值得研究，肯定有什麼深意。從這陵墓的風格看，應該是十五、六世紀的回教風格。郎先生，你對這段時期的新疆歷史有研究嗎？」

郎世鵬聽他這麼問，答道：「十六世紀的新疆應該是哈密回王額貝都拉統治時期。」

田尋做過幾年新疆《古國志》雜誌編輯，對新疆歷史頗有了解，他問道：「是不是第一代回王額貝都拉？」

郎世鵬用ZIPPO點燃一根菸說道：「就是他。他本是蒙古人，是成吉思汗七世孫、察合台汗國之王圖黑魯鐵木爾的後代，那個圖黑魯鐵西爾就是首位信奉伊斯蘭教的蒙古汗王。而這個額貝都拉也是，他父親木罕買提夏來到哈密後，很受當地維族人擁戴，於是成了哈密地區的首領，後來他乾脆改信伊斯蘭教，同時宣稱自己是

第二十五章　高貴的白骨

聖裔，也就是穆罕默德的後代，無非是為了標榜自己罷了。」

田尋笑了：「這人也真有意思，既然是成吉思汗的正宗後人，那麼他也就是『黃金家族』的成員，想當年成吉思汗和他的幾個子孫們打遍亞歐無敵，什麼十字軍、伊斯蘭軍隊和阿拉伯奴隸騎兵全都踩在腳下，後來居然扔掉黃金家族的光環，硬說自己是穆罕默德的後人，這也太可笑了吧？」

王植也笑了：「人就是這樣，只要能達到目的，老祖宗的名字也是可以變一變的！」大家都哄堂大笑。

大江、大海兄弟倆本來一直在旁邊閒聊，聽了別人這些話之後，兩人立刻眼放精光，大江湊過來說：「什麼？這果然是座陵墓，你看，還真讓我給猜中了！」

田尋又問：「那這句什麼高貴的白骨頭又是什麼意思？」

郎世鵬說：「額貝都拉說自己是聖裔，是高貴的白骨頭，而別人都是黑骨頭，當然也是胡說八道，只不過用來騙那些被統治下的愚民罷了。」

大海插言道：「這麼說，這座陵墓的主人就是石門上刻著的這個長鬍子、手拿毒蛇的人，叫什麼……什麼鵝脖……什麼都來拉的？」

「什麼鵝脖？還雞爪呢！」宋越一本正經地糾正道：「是：額・貝・都・拉，

不是都來拉。」郎世鵬笑著說：「很有可能就是他，雖然回王陵遺址不在這，但疑塚自古就有，很可能那公開的回王陵只是個虛殼，這陵墓規格不低，又地處哈密無人沙漠之中，難道……真正的聖裔之墓就藏在這裡？」

大江把菸頭扔在地上踩滅：「管他呢，反正就是個大人物的陵墓唄！」

此時的宋越似乎也忘了怕熱，他快步走到石門前，見石門上除了那個長鬚高冠的人像外，兩旁還雕著滿滿的葡萄藤形紋，這是典型的中亞阿拉伯樣式，另外在人像頭頂還刻著兩行彎彎曲曲的弧形花紋，又像字、又像圖，雖然有的已經在風沙作用下破損不堪，但仍很容易看出其原本的精美程度。

郎世鵬雖非建築學家，但他地理學識豐富，在世界上走南闖北見過不少建築，尤其對西亞歷史更是熟悉，他指著石門上雕的人像說：「從這個人物的造型來看，和伊朗、阿富汗、伊拉克等西亞國家的人物風格極像，因此可以斷定絕對與伊斯蘭教有關，至於這人是不是木罕買提夏或是額貝都拉，還不能肯定，但可能就是那石基座文字所說的偉大的伊斯蘭聖裔。」

大江和大海對視一眼，走到石門前伸手用力推，厚重的石門絲毫不動，兩人推了幾下，見郎世鵬並未阻攔，於是都把肩膀靠在門上，使出吃奶的勁想把門擠動，

第二十五章　高貴的白骨

可如同蜻蜓撼鐵樹，那石門連頭髮絲細的位置也沒挪一下。

宋越問：「你哥倆想幹什麼？要進去看看？」

大江撇嘴道：「既然是個大人物的陵墓就肯定有珍寶，我們撞上了，哪有不進去的道理？老闆你說是不？」

田尋說：「這是伊斯蘭聖裔的陵墓，我們真要進去？不會有什麼危險吧？」他立刻想起了上次的湖州毗山之行，那洪秀全的墓簡直就是一場揮之不掉的噩夢。

可大江、大海兄弟卻不這麼想，只聽大海興奮地擼著袖子說：「管他什麼聖一、聖二，既然是個大人物的墓那就肯定有值錢東西，我早就聽說新疆一帶的西亞古遺址有很多值錢的文物，在海外絕對能賣出高價。」

看到大海說話的神態，田尋心裡咯噔一下，立刻想起兩年前那幾個盜墓賊也是這副表情，簡直一模一樣。又聽大江說道：「是啊，真是太巧了，在沙漠裡還能遇到這麼好的事，那可不能輕易放過！」

提拉潘生性好財，於是忍不住問道：「你們的意思是說，這座陵墓裡有很多值錢的東西？」大江立刻道：「那當然了！我們兄弟倆不是吹牛，什麼大墓沒見過？這座陵墓雖然在這沙漠荒野裡，但打眼看就知道肯定不是一般，我們快想辦法打開石門，裡面的東西保證能賣大錢！」

提拉潘立刻來了精神：「那你說能賣多少錢？幾萬美金，還是十幾萬？」

大江笑了：「如果陪葬品豐富的話，幾百萬、上千萬美金也有可能！」提拉潘慢慢張大了嘴巴：「那麼多錢？太棒了！那我們還等什麼呢？這可比我的酬金還多十幾倍啊！」

三個人這麼一折騰，那邊的羅斯·高也動心了，他握著攝像機湊過來說：「你們的意思是……我們進到這陵墓裡去找些值錢東西？」大江還沒回答，郎世鵬接口道：「都別說了！我們還有任務在身，可不是出來找寶的，不要節外生枝！」

郎世鵬發了話，兩兄弟又沒推動石門，又不好意思讓大家都來幫忙，只得悻悻地退回來，神情十分沮喪。郎世鵬說：「這陵墓的石門肯定有機關控制，像你們這樣硬推是絕對打不開的，等我把這陵墓的外觀拍攝下來，咱們就上車繼續趕路。」

旁邊的羅斯·高此刻正坐在一塊圓石頭上，嘴裡嚼著牛肉乾，他看著石門上的文字，忽然冒出一句：「鳳凰是你們中國神話裡的特產嗎？」

王植見他忽然蹦出這麼一個古怪的問題，笑道：「你怎麼突然想起問這個事了？鳳凰是佛教裡的神鳥，同時也是中亞神話中的先知之鳥。」

第二十五章　高貴的白骨

「哦，那就難怪了。」羅斯・高高高拋起一塊牛肉乾，然後伸出脖子，用嘴準確接住。

郎世鵬見他神經兮兮的，便問道：「我說美國朋友，你到底想說什麼？」羅斯・高聳了聳肩膀：「人像頭上那兩行弧形花紋是古波斯語，刻著幾句話。」宋越和王植同時發問：「什麼話？」

羅斯・高漫不經心地說：「這古波斯語大多已經失傳，不太好翻譯，而且還有幾個字也看不太清楚，大概意思是：守護聖裔的西穆爾各神鳥，牠們……牠們見證了……聖裔的神聖與榮耀。就讓聖裔那偉大的容貌展現吧！只要能讓西穆爾各神鳥相見。」

聽了羅斯・高翻譯的話，大家都面面相覷，不知所云，田尋問道：「這是什麼意思？沒聽懂。」王植對郎世鵬和宋越說：「你們倆一個是西亞專家，一個是建築專家，能聽懂剛才羅斯・高翻譯的內容嗎？」

宋越先搖搖頭：「我只是對建築本身有些研究，至於其他國家的文化之類的事情，還是得去問郎先生。」大家都不約而同地把目光集中在郎世鵬身上。郎世鵬不愧是西亞學家，他說：「西穆爾各是古波斯和古阿拉伯人對鳳凰的尊稱，我想羅斯・高在學阿拉伯語的時候也應該知曉。」

羅斯・高點點頭;「沒錯，當時我的阿拉伯語老師也是這麼教我的，只不過你們東方人稱牠為鳳凰，而阿拉伯人和西亞人稱之為西穆爾各，叫法不同而已。」

「可這幾句話究竟是什麼意思？」田尋問。郎世鵬道：「所說的兩隻神鳥，應該是指那石門頂上的兩隻鳳凰石雕，這幾句話好像是謎語，也就是說，如果我們能讓這兩隻神鳥相遇，就能開啟這道墓門吧！」

大江高興地說：「那太好了，正好順便帶點東西出來！」姜虎又問：「可這兩隻神鳥左右各一隻離得這麼遠，怎麼讓牠們相遇呢？是不是要把牠們敲斷弄下來？」宋越連忙擺手：「不不不，絕對不應該是這樣的，這應該是一種機關，很簡單卻又不易破解的機關，而不是搞破壞。」

王植也附和著說：「就是，我們又不是來拆房子的，我們是文物考察的。」郎世鵬喃喃地道：「只要能讓兩隻西穆爾各神鳥相遇……相遇……」忽然他說道：「爬上去看看，那兩隻石鳥能不能轉動！」提拉潘應了聲，立刻縱身跳到左面斜梯牆上來到石門墓頂，墓頂的那隻神鳥石雕就在牆頭立著，提拉潘蹲下來，雙手抱住石鳥的肚子用力向右扭，郎世鵬在下面叫道：「小心點，如果一個方向扭不動，就

第二十五章　高貴的白骨

試著往相反的方向轉動試試，不要把石鳥破壞了！」

還沒說完，只聽嗶嗶輕響，那隻石鳥已經被提拉潘給轉了九十度，原本朝外的鳥頭變成了朝向另一隻石鳥。眾人大喜，宋越道：「快去轉另一隻，快！」姜虎早已跳到右面斜梯牆上，將右面那隻石鳥向左轉動，果然依法可行，兩隻石鳥的頭遙遙相對。

忽聽石門裡發出「錚」的一聲響，提拉潘和姜虎同時感覺到腳下傳來震感，似乎石門裡有什麼機關被啟動了似的。他們倆都是特種兵出身，反應何等敏捷？立刻不約而同右腳點地，由石門上方高高躍下，穩穩落在地上。

與此同時，石門內軋軋連響，緊閉的石門開始緩緩向兩側滑動，姜虎拔槍在手，大聲道：「大家快躲開！」眾人聽完，連忙都朝後退去，生怕有什麼暗器、毒煙之類的從門裡射出來，王植和羅斯‧高逃得最遠，生怕小命有什麼閃失。

石門隨著聲響的消失而停止，門裡面什麼也沒有，黑洞洞、靜悄悄的，就像個張大了的嘴。

眾人你看看我、我瞅瞅你，都沒敢動地方。田尋手裡握著槍，眼睛盯著石門說：「好像……好像沒什麼動靜。」郎世鵬也有點膽怯，衝旁邊一擺手：「提拉潘、史林、姜虎，你們幾個過去看看！」提拉潘心想你倒不傻，先讓我們往上衝。但自己畢竟是當兵出身，總不能讓幾個中年人過去打頭陣吧，於是和另兩人緊握手中的槍，姜虎又取來兩支強光手電筒，三人剛走到石門近前時，就感覺從門裡逸出一股冷氣來。

第二十六章　聖甲蟲

現在正是下午最熱的時候，這石門裡卻直冒涼氣，三人不禁互相看看、心存狐疑。再用強光手電筒往裡照去，只見一條長長的、由條石砌成的甬道沿階梯而下，盡頭處太遠看不真切。

三人回來對大家說了情況，大江和大海兄弟倆在旁邊早就按捺不住了，剛才見石門開啟，兩人樂得差點沒背過氣去，相當興奮：「太好了，我們快進去看看吧！」

郎世鵬皺著眉頭，心裡打起了鼓，想進去看，卻又怕耽誤行程，這時宋越用手帕擦著汗走過來說：「郎隊長，這座陵墓的確是千載難逢的稀世珍品，我也想進去看看，畢竟不是天天都有機會能親眼看到伊斯蘭聖裔之墓的！」

其實郎世鵬身為歷史專家，見過多少文物古蹟，豈能不知這陵墓的珍貴程度，他也很想進去參觀一番，但又怕杏麗不同意，於是說：「我去問問咱們真正的東家杏麗女士，徵求一下她的意見，畢竟我們拿的都是她的錢，我頂多也就是丫環拿鑰匙——當家不作主而已。」大家都笑了。大江卻不屑地說：「咳！還有什麼可商量的？這陵墓裡面肯定有值錢東西，誰有錢不賺啊，除非她是傻子！」

郎世鵬把臉一沉：「胡說什麼？我們是要去喀什考察，不是來新疆盜墓的！」大江挨了罵，心裡頭憤憤不平，可嘴上又不好再多說什麼，他從鼻孔中哼了聲，轉過頭去，點燃一根菸抽起來不再說話。

朗世鵬回到車隊處，見杏麗和法瑞爾正在閉目打盹，他清清嗓子，和氣地對杏麗說：「杏麗，我們發現了一座十六世紀伊斯蘭聖裔的陵墓，這座陵墓十分罕見，在沙漠底下被埋了幾百年，剛才那陣狂沙暴才剛將它吹露地面，大家的意思是都想進去開開眼界，估計用不了多長時間，妳看怎麼樣？」

杏麗打了個哈欠，她最討厭路上有事耽擱，恨不得轉眼之間就能辦完事回到西安，當下花容一沉：「我不同意！我們還要去喀什辦事，不是來考古的，最好快快趕路要緊！」

郎世鵬碰了一鼻子灰，他回頭看了看，遠遠看見大江、大海和羅斯・高、提拉潘他們都對著陵墓大門指指點點、哈哈大笑，顯然在規劃著美好「錢景」，其實他自己更想進去瞧瞧，於是他眼珠一轉，對杏麗小聲說：「杏麗，妳看看那些人，他們知道這座陵墓有些來頭之後，全都動了心，尤其是那大江、大海兄弟倆，他們是中國有名的盜墓兄弟，碰到陵墓比看見親爹都親，還有羅斯・高、提拉潘他們也受了攛掇，都吵吵著要進去，如果一味強硬阻止他們，恐怕這些人會心存芥蒂，以後會鬧出大亂子來。」

這番話說得極有道理，同時郎世鵬也真這麼想的，杏麗咬著嘴唇考慮了一下，覺得也對，這些人魚龍混雜，也不是好管理的，她問道：「那你們要去多長時間？現在已經是下午兩點多，你也說過要趕在天黑前到達鄯善縣，如果太晚的話，我們總不能就在車上過夜吧？」

郎世鵬說：「說得也是，但我想最多給他們一個小時的時間，然後我們就出來上路，晚個把小時到鄯善縣也沒什麼大礙，現在還是夏季，七點鐘的時候天還不會黑。」

杏麗沒說話。郎世鵬見她不吭聲，笑著說：「當然，如果妳不同意的話那就算了，我去把他們叫回來！」轉身剛要走，杏麗說：「就一個小時的時間，不許耽擱！到時候你們要是不出來，我就自己開車上路了！」郎世鵬笑了：「放心吧，到時候我用鞭子趕他們出來！」

大江、大海兄弟吹著口哨，和提拉潘打開車後廂，把應用之物逐樣往外取。郎世鵬說：「我和宋越、王植還有田尋，再加上大江、大海兄弟倆和提拉潘總共七個人，史林，你和姜虎誰留在外面保護杏麗？」姜虎雖然經過不少風浪，但他現在已經不是幾年前那個窮退伍兵了，也有幾百萬的身家，這次來的任務就是保護眾人的安全，所以他並不想再去什麼陵墓探險。人就是這樣，越有錢就越怕死，於是他裝作誠懇地搶著說：「我留下吧，讓史林兄弟跟著去開開眼！」

史林是個直性子，他也沒多想什麼，立刻就同意了。法瑞爾自然也對這種事毫無興趣，於是由法瑞爾和姜虎留下來保護杏麗，其他九人開始整理裝備。提拉潘、史林、羅斯・高和田尋四個年輕的每人帶上一把九二式手槍，史林在腰間別了幾個催淚瓦斯彈做驅蟲用，大海帶上一組鹵素照明燈，田尋在背包裡放了幾瓶礦泉水和醫藥包，其他人也都配有強光手電筒，腰間插著多用軍刀，郎世鵬和羅斯・高還帶了數位攝像機，準備來個現場拍攝以留談資。另外，大家都佩帶好無線對講耳機，以便隨時與車上的杏麗等人聯絡。大江又背上個鼓鼓的背包，不知裡面裝著什麼東西。

大家準備妥當，便朝陵墓石門走去，史林見大家全副武裝，邊走邊問道：「俺們只不過是去個古墓，還帶這些槍枝彈藥有啥用？」田尋想起了當年湖州之行，心有餘悸地說：「也許只是為了以防萬一，說不定墓裡會有什麼野獸呢。」王植哈哈大笑：「你可真會開玩笑，那陵墓大門緊閉，野獸又能從哪裡進去呢？」

宋越在手帕上倒了點水，擦著額頭說：「野獸是不太有可能會鑽到那陵墓裡，但有沒有其他機關就不好說了。想當年我還在國家文物局幹考古那陣子，遇到的那些古墓大多沒什麼危險，像翻板、毒矢之類的都是道聽途說，或者是早已失效，反正我是從沒遇到過。」

王植說：「宋先生，記得在八十年代的時候，您可是中國文物界數一數二的人物，我聽說那時國家凡是進行重大考古活動，差不多都要讓您在場把關。」

宋越嘿嘿笑了，謙虛地擺擺手：「那都是老皇歷了，好漢不提當年勇。」田尋最敬佩這樣的考古學家，他給宋越遞上一瓶礦泉水，說：「宋教授，您肯定見識過中國不少大墓吧？」

還沒等宋越回答，王植接口道：「年輕人，你還不知道吧，在二十年前，宋教授在中國文物界和建築界那絕對是明星級人物，哪個考古隊不以能請他到場監督發掘為榮？可以這麼說，宋先生就相當於是五、六十年代的夏鼐。」

聽了王植的話，田尋越發敬佩得不得了，心想這樣的大專家可不是經常能碰到的，必須得好好請教一番，於是他問道：「宋教授，您剛才說中國的古墓大多沒什麼機關埋伏，難道中國匠人的建築水平還不如西亞人？」

宋越笑了：「倒不是這個意思。說實話，我見過中國大大小小不下幾百處墓葬，那些墓葬大多只是中型墓葬，身分最高的頂多也就是個諸侯王，真正宏大規模的墓葬要麼在千百年前就早已被盜，陵墓內部的結構也都被破壞，像三星堆老山漢墓、湖北獅子山楚王墓；要麼還無法發掘，像秦始皇陵、武則天和漢武帝陵；要麼就是無處尋覓，如：諸葛亮、曹操和成吉思汗的陵墓。而餘下的那些墓葬都沒什麼太大的規模，當然也沒什麼危險了。」

郎世鵬一邊給數位攝像機換電池，一邊笑著問：「按宋先生所說，中國那些帝王的陵墓也都不入流了？」

第二十六章　聖甲蟲

宋越道：「你指的是明十三陵和清帝陵之類的吧？他們的陵墓雖然建築精美、文物豐富，但說實話規模都稱不上宏大，中國人從明朝開始就有厚養薄葬的習慣，也是怕後人盜墓。」

王植接話說：「沒錯，俗話說樹大招風，尤其是清朝皇帝們，他們的陵墓規模已經遠低於唐、宋皇帝的水平，整個大清國只有慈禧的陪葬品極豐，結果還是讓孫殿英給偷個精光。」

大海問道：「我聽說那個孫殿英還是國民黨的軍長呢，那他明著盜墓，老蔣不管嗎？」

宋越說：「孫殿英盜墓之後在全國引起公憤，蔣介石也下令嚴辦，可孫殿英把一些最貴重的東西拿來賄賂，結果不了了之，他還升了官。」

王植也插嘴：「我記得他送給蔣介石的是把寶石短劍，給宋美齡一顆雞蛋大的夜明珠，還被她給鑲到繡花鞋上了，另外像宋子文之流也都得了東西。」

聽著三位專家的交談，旁邊的大海也忍不住插了幾句：「你們的意思，咱們中國皇帝的陵墓還比不上這個什麼……什麼聖一的墓嗎？他們有啥特別的？」

宋越說：「倒不是說中國皇帝的陵墓比他們差，而是因為風土人情不同，陵墓的修建方式和風俗也大相逕庭。就說這陵墓裡的防盜機關吧，中國的陵墓無非是安排些什麼飛蝗毒矢、翻板流沙、西域火龍油之類的，最多再堵個斷龍石。而西亞和阿拉伯國家就不同了，他們喜歡在陵墓裡安置很多稀奇古怪的機關裝置，甚至樂於其中，把它當成一種樂趣，在這點上絲毫不亞於熱愛機械的歐洲人，而中國的陵墓匠人幾千年來也只學習了人家的一些皮毛，或者說中國人對這方面並不太熱衷，所以我們還是對這回王陵墓小心點。」

田尋在旁邊聽邊點頭，心裡卻在想：你們是沒見過洪秀全的陵墓，否則就會完全改變看法了。

大江問道：「老宋頭，聽郎老闆說你是中國有名的古建築學家，這麼說你對這阿拉伯陵墓的構造也很在行了？」宋越謙虛地說：「說來慚愧，我主要是對中國的古建築有很大興趣，至於國外的建築，我也只是見得多些，略通些皮毛，尤其是這國外的陵墓，遠談不上精通。」

大海也說：「得了吧老宋頭，你要不是這方面的專家，咱們郎老闆也不會請你來新疆，是吧哥？」大江也跟著附和。郎世鵬聽他們哥倆稱宋越為老宋頭，心中頗有不快，道：「宋先生是專家，年紀和你們父親差不多大，你們應該尊重人家一點，這道理還不懂嗎？」

這哥倆卻不以為意，大海說：「嗨，老闆，我們也沒別的意思，這不是顯得大伙不見外嗎？哈哈！」宋越為人隨和，只是呵呵地笑，絲毫沒往心裡去。

眾人正說著已經走到了陵墓石門入口處，史林仗著藝高膽大，舉強光手電筒照了照就要往裡闖，大海攔住他道：「這陵墓也有幾百年沒開啟了，我們是不是得先放放空氣流通一下？」宋越點點頭：「應該這樣做。這陵墓在沙漠地下埋了幾百年，空氣必定極為稀薄。」

郎世鵬說：「可我們已經沒有時間等待了，杏麗只給我們一個小時，大江、大海，你們兄弟倆快去把氧循環呼吸器取來！」回頭看時，卻見大海掏出ZIPPO打火機已經進到門裡，他手裡的打火機火焰騰騰跳動，並沒有熄滅的意思。大海邊走邊回頭道：「老闆，這裡面有空氣在流通，你看，火苗一點也沒暗！」

大家都感到驚訝，宋越用手帕擦了擦額頭和脖子：「這還真有點奇怪，難道這陵墓內部設有通風結構？」既然裡面有空氣，也就不需要什麼呼吸器，大家各舉手電筒走進石門。

郎世鵬讓史林和提拉潘走在最前面，他倆年輕、身體又好，還受過專業訓練，眼力和耳音都比普通人好得多。史林很聽話，沒多說什麼，答應了聲就上前，可提拉潘臉上顯然有些不高興，王植打趣說：「提拉潘，讓你走在最前面是照顧你，如果我們真發現了什麼稀世珍寶，你就可以分到最多的一份。」提拉潘比較貪財，他還當真了，立刻說道：「那太好了，我來打頭陣！」

王植和郎世鵬對視一眼，心中均在暗笑，都想這當兵的畢竟素質不高，眼睛裡就認錢，抵抗金錢誘惑的能力太低了。

石門裡是條長長的石甬道，甬道是條向下傾斜的階梯，左右兩側牆上每隔幾米遠就嵌著一盞銅燈台，燈台被塑成手臂的形狀，手掌中握著燈座，燈台和牆之間掛得滿是灰塵和蛛網，隨著從石門外吹進的風微微飄動。在強光手電筒照射下，可見牆上刻著很多圖案，這些圖案線條清晰，而內容卻很怪異，一輪巨大的太陽光芒四射，地上有無數人在頂禮膜拜，而這輪巨大的太陽卻被一隻更大的甲蟲推著走，那甲蟲渾身發光，前端揚著兩隻尖螯，身上還穿著盔甲似的東西。大海覺得有趣，笑著說：「這不就是屎克郎推糞球嗎？哈哈哈！」

第二十六章　聖甲蟲

不知怎麼的，田尋一見這甲蟲就立刻聯想起在湖州毗山洪秀全墓裡看到的甲蟲，那時自己還被一隻甲蟲蜇傷了手背，現在還記憶猶新。郎世鵬用攝像機拍攝著壁畫說：「這不是屎克郎，而是聖甲蟲，是阿拉伯神話傳說中的動物神，又名克赫普，傳說太陽是被聖甲蟲推動而東昇西落的，所以牠也被看作是人和太陽神之間溝通的神物。」

王植道：「這種甲蟲很有意思，古埃及人對牠是非常地崇拜，幾乎所有的法老陵墓中都有牠的形象，十幾年前我為此還特意寫過一篇論文，專門研究這種甲蟲，牠很可能不是普通的屎克郎，而確實是一個獨特的物種，專門以活生物體為宿主，在裡面進食、繁殖，卻不破壞宿主的低級神經，很是神奇，不過在幾千年前就滅絕了。」

「有這麼厲害？」田尋道：「我只在埃及神話故事裡聽到提及過，不過我想多半是假的。」他心裡想起先前在毗山大墓中遇到的甲蟲，但沒有說起。

羅斯‧高也手持著數位攝像機邊照邊拍，只不過他的拍攝純粹是出於好奇，而不像郎世鵬這些專家是為了學術研究。說也奇怪，外面炎熱無比，而這石門裡卻是涼爽異常，好像天然冰櫃似的，甚至還有些涼意，田尋摸著胳膊上的雞皮疙瘩說：

「真奇怪！這裡怎麼這麼涼？」

王植用強光手電筒照了照頭頂，見上面也是用同樣的長條石塊砌成，周圍並無特別之處，可就是非常涼爽，最多攝氏十五度，他問宋越：「宋先生，這裡為什麼會如此地涼快？是不是在建築方面有什麼特殊之處？」

田尋邊走邊說：「是不是和地下的陰濕潮氣有關？記得小時候去姥姥家，農村每家屋後都挖個菜窖，那菜窖是冬暖夏涼，越到盛夏裡頭越涼快。」

宋越說：「恐怕不是這樣，沙子比熱很小，會將吸收的熱量迅速傳導出去，即便地底下有潮氣，可這墓門是直接暴露在地表沙層的，會這麼涼，這多少有點反常。」他體形較胖，凡是胖子都容易出汗，也比普通人更怕熱，可現在連他都不用手帕擦汗了，可見這陵墓裡有多涼快。

第二十七章　羊脂玉雕

聽他這麼一說，田尋又懂了點知識，他問道：「宋教授經常來新疆嗎？」

宋越嘆了口氣道：「唉，八十年代那陣子國家經常有考古隊來新疆考察，每次都少不了我在場。此外我還去過撒哈拉大沙漠，對沙漠再熟悉不過了。」

郎世鵬用手摸了摸石牆：「宋先生說得對，就連石牆摸上去也是涼的，難道這裡有冷氣機？」

大江哈哈笑了：「老闆你可真能逗，幾百年前的陵墓哪來的冷氣機？」

話音剛落，走在最前面的提拉潘忽然說：「你們看，這裡又有道門！」大家同舉手電筒一照，果然見甬道盡頭有扇石門，門兩側各有一塊長方形青石，條石上臥著一條似狼又似狗的什麼動物，這動物跟石門外那個狼頭人身的腦袋十分相像，也是尖耳長嘴，渾身鐵青色，在昏暗的環境下顯得尤為嚇人。

提拉潘冷不防看到這雕像嚇了一跳，不由得倒退了幾步，王植和宋越卻似乎毫不在意，王植笑著說：「這就是沙漠中的胡狼，中國人習慣稱之為豺，因為牠們喜歡吃死屍肉，而阿拉伯人又認為被土狼吃掉的屍體都可以升天，所以牠們也經常被用來當作陵墓的守護神。」

大海罵了句：「真他媽嚇唬鬼呢，弄兩條狼在門前是啥意思？難道想把進來的人都吃掉？」王植笑了：「這胡狼看上去挺兇惡，其實牠們膽子很小，幾乎不主動攻擊人類，只不過阿拉伯人把牠們的形象誇大了。」

再用手電筒照那石門，見門上刻著兩名頭紮包巾、唇蓄鬍鬚的阿拉伯武士浮雕像，兩武士形象栩栩如生，各手持一柄長長的阿拉伯彎刀，兩柄彎刀互相交叉呈X型。奇怪的是這兩柄彎刀並不是石刻浮雕，而是真正的明晃晃的利刃，這兩把刀平貼在石門上，精鋼鍛造的刀身，黃金弧形護手，黑白相間握柄，製作得十分精巧，而且剛好嵌入兩名武士手中。

按理說這兩把刀待在陵墓中也有幾百年了，歲月的流逝卻沒能讓刀鋒生鏽，反而在昏暗的光線下仍顯得鋒利無比，放出青冷冷的寒光。大海不由得伸手去摸刀身，郎世鵬連忙阻止：「別碰，小心刀刃上有毒！」大江連忙把弟弟拉回來，埋怨道：「你還是這個毛病，毛毛愣愣的！」

宋越仔細照了照石門，見上面除了兩武士的浮雕之外，還刻著些彎彎曲曲的符號，與陵墓大門外的那些古波斯文很像。他回頭問羅斯‧高：「你看這些符號是否也是外面大門上那種古波斯文字？」羅斯‧高正在用數位攝像機的旋轉螢幕取景：「早看到了，這也是古波斯文，讓我看看內容……寫的是：這裡是偉大的先知之後……聖裔之族……請以敬仰之心讚美他……如非異教之徒……可開啟刀之機關，請和西穆爾各的靈魂共同進入……」

「異教之徒？什麼叫異教之徒？」大江問道。

郎世鵬說：「是某種教派對其他教派教徒的稱呼。」

田尋問：「請和西穆爾各的靈魂共同進入？那西穆爾各不就是神鳥嗎，可牠的靈魂又是什麼？在哪裡啊？」

幾位專家均搖了搖頭表示不清楚。宋越說：「也許是讓進入的人心中懷著對神鳥的崇敬之心吧？」

大江問道：「開啟刀之機關……可這刀之機關又在哪？」王植說：「看來這是個字謎，需要我們去解謎，我想關鍵就在這兩把阿拉伯彎刀上面，就是不知道這機關是怎麼運作的？」

大海掏出多用途刀說：「管他呢！用刀四處撬一下試試。」宋越連忙阻止：

「不行，硬來不是辦法，萬一把機關給破壞了，就誰也別想進去了。」大江道：「那你說怎麼辦？」

宋越在旁邊看了半天，說：「你們看這柄刀上的黃金弧形護手，形狀大得不成比例，雕刻得精緻顯眼，而且我發現在護手和刀柄之間的縫隙中，好像有轉動摩擦的痕跡，機關會不會就在這個護手上？」

王植也附和道：「沒錯，這黃金護手的比例和正常的彎刀很不一樣，確實太大了些。」郎世鵬邁上幾步，伸手慢慢捏住那純金護手輕輕轉動。果然，護手被緩緩轉了半圈，忽聽「鏘」的一聲響，長長的刀鋒居然縮進護手裡一半，從刀柄之下露出。

提拉潘驚呼：「怎麼回事？這彎刀怎麼自己縮回去了？」宋越卻很高興：「看來這機關被我們給蒙中了！」郎世鵬也笑著又轉動了另一柄刀身的護手，刀身同樣縮了進去。

忽然大家覺得腳下一震，不由得同時向後退，卻見石門上的兩名浮雕阿拉伯武士宛如活了似的，一齊緩緩收回手中彎刀，同時左右兩扇石門各自為軸向內旋轉，隨後再向兩邊分開，平貼在石門框的兩側。

第二十七章　羊脂玉雕

大家都看呆了，沒想到這石門竟然受如此精巧的機關控制。羅斯‧高邊拍攝邊讚嘆：「沒想到幾百年前的人也這麼聰明，我全都拍下來了，帶回去好好欣賞！」

宋越對建築方面的東西最感興趣，他連忙來到門框處仔細查看，原來在石門框的上下沿各有一個凹槽，同時兩扇石門中間也各自用一根方形的鋼製立軸穿過，立軸上下兩端嵌在凹槽裡，由藏在暗處的齒輪導軌控制運行，其實運轉原理並不複雜，卻處處透出建造者在機械方面的非凡才能。

大江和大海見打開了石門，都樂得差點蹦起來，大海忙不迭地把多用途刀摺起來：「太好了，要說還是你們這些專家厲害，咱們快進去吧！」提拉潘用強光手電筒向裡面照去，正前方被牆堵著並沒有路，平滑的青石牆上又刻著幾行彎彎曲曲的文字。

王植朝羅斯‧高打了個手勢，羅斯‧高知道他的意思，當下翻譯道：

「千年的守護者克……克赫普……牠們已從沉睡中醒來……失去了西穆爾各靈魂的惡人啊……永遠只會在地獄的入口徘徊……」

不知為什麼，大家聽了羅斯‧高的翻譯，都感覺有點不太舒服。田尋道：「克赫普？克赫普不是剛才郎教授說的那種聖甲蟲嗎？」

「是啊！說牠們已從沉睡中醒來，我怎麼聽著都有些不對勁呢？」王植謹慎地說：「是不是我們驚動了什麼東西？」

大海有點害怕了：「我說老王頭兒，你可別嚇唬人，咱們能驚動什麼？」

話音剛落，就聽見一陣急促的嘩嘩聲不知從何處響起，這聲音雖然細小卻似乎無處不在、遊走不定，幾秒鐘後又消失了，就像幻覺一樣。

幾人持手電筒左顧右盼，卻什麼也沒發現，周圍都是用牢固的青石塊砌成，而且空間也不算寬敞，根本就什麼都沒有。

史林問道：「你們聽到啥聲音了嗎？」

大家都點點頭，提拉潘說：「好像是什麼東西爬過，像是蟲子……」

他一說蟲子，大家立刻聯想起剛才牆上刻畫的巨大聖甲蟲來，不由得暗鬼陡生。羅斯・高罵道：「什麼蟲子？我最討厭蟲子了！」

大海卻顯得很不以為然：「什麼蟲子，你們有點太神經過敏了吧？幾百年的陵墓有些蟲子也屬正常，哎！我說咱們還是快往前走啊？」他倒比誰都急。

郎世鵬和王植、宋越互相交換了下眼神，心下都有些惴惴之感。但見周圍確實沒什麼異樣，而且這裡通道狹小，連個老鼠洞也沒有，根本沒有可供蟲子爬進爬出的空間。於是郎世鵬一揚手，提拉潘和史林繼續在頭前引路。

正前方是堵死的，石砌走廊折向左邊，不遠處有個彈頭形的石拱門。提拉潘確認無甚危險，示意讓大家進入。來到石拱門前，見拱門周圍刻得密密的都是葡萄紋飾，門正上方嵌著一隻金光燦然的黃金甲蟲，這黃金甲蟲足有臉盆大小，栩栩如生、非常逼真。提拉潘大喜：「看那隻甲蟲，好像是純金的，我先發現了就是我的，等我把它取下來再說！」說完他拔身躍起，右腳在牆壁上一蹬，身體藉著反彈的力量朝左上方高高縱起，然後左腳又在左面牆壁上一撐，身體便再向右彈，同時右手奮力扳住牆上突起的一塊大方石，這時他雙腳離地面已經有近兩米，可見他的彈跳力相當好。

史林不由得叫了聲好：「哥們，你這手『壁虎彈壁』使得不賴啊！」提拉潘嘿嘿笑著，騰出左手去摘那黃金甲蟲，郎世鵬卻大聲道：「給我下來，你要幹什麼？」

提拉潘連忙縮回手，回頭道：「我要把這黃金甲蟲弄下來啊！」

郎世鵬哼了聲：「誰告訴你這黃金甲蟲歸你了？」

提拉潘一臉迷惑，看著王植說：「是他剛才對我說，發現什麼好寶貝就讓我先分的嗎？」

王植哭笑不得，郎世鵬氣得反笑了：「你這人也真實惠，說什麼都當真？」提拉潘有點不高興了：「你們騙我啊，那讓我打頭陣幹什麼？」

郎世鵬上前抓住提拉潘左腿，一把給揪了下來：「我花錢僱你來不是因為你長得好看，是看你當過特種兵，身上有功夫，所以才讓你來保護我們，這點你不明白嗎？給你個棒槌就當針！」

大江、大海和史林在旁邊不住暗笑，提拉潘氣得夠嗆，卻又說不出什麼來，的確，他的任務就是保護隨行人的安全，也沒什麼可爭辯的，氣得他哼了聲，說：「那這黃金甲蟲我們平分了吧！」郎世鵬說：「這黃金甲蟲在這陵墓裡只不過是個小小的裝飾品，如果我們連這點東西都不放過，那還能幹成什麼大事？」

宋越在旁邊也說：「沒錯。而且這黃金甲蟲也有可能連動著某種機關，萬一觸動了什麼東西，那可就得不償失了。」

提拉潘「哦」了聲，說：「那就不要它了，我們繼續走吧！」王植笑著拍了拍他肩膀，提拉潘白了王植一眼，舉手電筒走進拱門繼續前行。

第二十七章　羊脂玉雕

越往前走大家感覺越涼，甚至有點涼風透骨之感，大家不由得身上直起雞皮疙瘩。大江抱著肩膀罵道：「這他媽是什麼鬼地方？外面熱得要命，這裡頭卻冷得我直哆嗦！」大海也吸著氣說：「真他奶奶的想不通，新疆沙漠腹地裡居然還有這麼冷的地方？」

這些人中，除了史林之外都冷得直打寒顫，提拉潘雖然身體素質很好，但他是泰國人，長年在熱帶雨林環境中生活，太冷了也有點受不了，只有史林像沒事似的，他笑著說：「你們的體格咋都這麼差呢，俺咋就不感覺冷？」羅斯・高平日裡享樂慣了，現在冷得渾身難受，心裡正有氣，於是說：「你恐怕不是人吧？所以才不覺得冷。」史林怒道：「你才不是人哩，你個美國佬！」王植連忙伸手：「好了好了，大家別吵，要是有人怕冷的話，可以出去到外面，外面熱得很。」

羅斯・高拔腿剛要向後轉，可又轉念想到：萬一這些人真找到了什麼財寶，自己豈不是什麼東西都分不到？於是他撇了撇嘴，沒再說什麼。

田尋見史林穿著短袖卻絲毫不怕冷，就問他：「史大哥，你為什麼感覺不到冷，是不是在少林寺練過什麼功啊？」史林嘿嘿笑了：「是呀，俺在少林寺從七歲就開始練寒暑功，夏天穿棉襖、冬天光膀子都沒事。」

大家順石砌通道向右折了個彎，又發現一道雕花石拱門，門楣上仍然嵌著黃金甲蟲，這隻甲蟲比剛才的似乎又大了一圈，雕刻得也更加精細，金光奪人二目。提拉潘抬頭看了看，眼中露出貪婪又遺憾的神情。

突聽史林大叫一聲：「裡面有人！」同時他迅速拔槍在手，槍口瞄準石拱門裡面。大家都被嚇了一跳，全都往後退去，心中的第一個念頭都是：難道這墓裡有埋伏？

提拉潘也掏出手槍，強光手電筒左右照照，卻又放下了：「大家不用害怕，是假人！」

眾人將信將疑，探頭朝門裡一看，果然裡面是間方形石室，石室中央擺著一張巨大白玉圓桌，圓桌旁圍坐著四位用白玉雕刻的假人。

石室裡的擺設很講究，牆上鋪著淡黃色的花紋紙毯，三面牆上都裝飾有穹頂浮雕門，外框邊還有鏤空的石榴樹花邊，牆與天花板之間用泥金塗成斜面，裡面雕椰棗樹形花紋，地面鋪的都是大塊的青玉石板，強光照射下反出奪目青光，牆角有很多圓形孔洞，不知是否起通風作用。

大家又都把強光手電筒都集中在這四位玉人身上，這些玉人雕得與真人身高相同，都是身材魁梧的男性，都坐在青石圓墩上，頭戴阿拉伯式的包巾，包巾前額鑲嵌寶石，頭頂立著雉雞羽毛，方臉大耳、粗眉闊目，唇上有八字細鬍，下巴還生滿濃密鬍鬚。身穿長袍，腰間繫著寬寬的玉帶，腳蹬長靴，靴子前部的尖頭像龍舟般翻立，是典型的阿拉伯服飾風格。

四尊白玉人像雕得極盡精巧，甚至連眼皮單雙也能看得清清楚楚，如果不是全身凝白如玉、沒有其他顏色，就算告訴你說是假的，恐怕也沒人信，史林誤認為是真人，可見其雕工之精。

王植一見這四尊玉人，立刻從眼裡放出精光，他快走走到其中一尊玉人身旁，伸手輕輕地來回撫摸玉質，摸了幾下，又從衣袋裡掏出一柄高倍放大鏡，將強光手電筒倒著由下往上照射，同時蹲下身體，用放大鏡仔細觀察玉石透光情況。

大伙都圍著幾尊玉人，邊看邊讚嘆：「嘖嘖，看這玉石人雕得太漂亮了，簡直就像把活人施了法術變成玉石的一樣！」田尋知道王植是珠寶玉石專家，於是走過去蹲在他身邊問：「王教授，您看什麼呢這麼仔細？」

王植邊看邊慢慢搖頭，田尋問：「怎麼，這玉石質地不好？」

「不，不……正相反，我從沒見過這麼純正的羊脂玉，絕對是寶石級的料，絕對是最好的頂級羊脂玉！」

田尋笑了：「那您還搖頭幹什麼？」

王植道：「我是太不敢相信了，老天爺，這麼巨大的人像居然是用整塊羊脂玉雕成？我不是在做夢吧？」王植似乎在自言自語。宋越也湊了過來：「你說這是羊脂玉的？那也太名貴了吧，我對玉石也小有興趣，我可聽說羊脂玉比黃金還稀少，你敢肯定這就是羊脂玉？」王植道：「你們過來看！先看這玉石的透光度，在白光照射下是半透明的，而且色澤純正，完全沒有灰霧感，看這邊緣……你們再仔細看，除了半透明的白色之外還有什麼？」

這話像是在問宋越，也像問田尋，田尋把眼睛移到放大鏡前仔細觀看了半天，說：「的確是很純的白色……似乎……還有點發粉……」

第二十八章　銘文

「這就對了，眼力不錯！」王植用力拍了一下大腿，把田尋嚇了一大跳。

王植欣喜地說：「新疆和田玉分為白、青、墨、黃四等，其中以白玉為上品，而這白玉又分青白玉和羊脂玉，青白玉就是在白光下能透出青、紅、灰等霧色，那就不算是極品，而只有能透出淡淡粉霧的白玉才配叫羊脂玉，這羊脂玉為玉中之王，目前世界上純正羊脂玉的價格是每千克六十萬元人民幣以上，而且還只是原料，要是經由能工巧匠雕琢後的藝術品，其價值就更難估計了，唉！」

宋越也接過放大鏡仔細地看，旁邊大海聽了王植的話，連舌頭都吐了出來，他張大嘴道：「你說什麼？每公斤能值……六十多萬？那這麼大塊的玉石人像得多少錢啊？」王植苦笑幾聲：「像這幾尊玉石雕像雕刻得有如真人一般逼真，已經不能簡單用重量來衡量它的價值，不過我還是懷疑自己的眼睛，這是不是幻覺，怎麼可能會有如此巨大的羊脂玉原料？」

大海說：「那有什麼稀奇的？中國這麼大，啥奇蹟不能發生？在東北不是還挖出過一塊幾十噸重的岫岩石嗎？後來被雕成了尊彌勒大佛，幾年前我去遼寧還見過呢！」

王植白了他一眼：「你懂個什麼？你知道這羊脂玉有多難找嗎？古人有云：尋金易，尋羊脂難。這羊脂玉只在崑崙山主峰黑山地區才有，那黑山古稱喀朗圭塔克，也是和闐河的上游，終年被冰雪覆蓋千年不化，而且地勢極險。一般在晴天，陽光長時間照射雪山，雪水融化發生山峰崩塌，大塊山石從高不見尖的峰頂砸到河裡，當地人才有機會從山石中撿到羊脂玉原料，可那些原料都已經被摔裂，最大塊的也不過只有臉盆大小，但也是價值連城。有人想搞到更大塊的羊脂玉料，於是就冒險爬到黑山主峰去挖玉，結果不是凍死、失足跌死，就是被山上的巨型雪怪扔下懸崖。絕對沒有人能活著從黑山挖到羊脂玉回來。」

大江、大海兄弟倆縮頭縮腦地看著幾尊玉人像，弟弟說：「五年前咱們在湖北搞到的那對羊脂玉瓶，似乎還沒有這人像的百分之一大，都賣了好幾十萬，這麼大的……」大江點點頭，對王植說：「王老頭，這真的是羊脂玉？你不會看錯？」

王植也不回答，從他手中搶過礦泉水瓶，擰開瓶蓋嘩地朝玉石人像上潑水。眾人納悶，大江問：「你這是幹什麼？」

第二十八章　銘文

還沒等他話音落地，卻見那尊玉石雕像上的水順著表面迅速地流到了地上，不到三秒鐘水就已經流光，雕像上沒殘留下半滴水，似乎有某種隔絕水滴的魔力。

大家見狀皆驚，宋越點頭讚嘆：「我也聽說過這正宗的羊脂玉滑如羊脂，油性極重，其表面絕不沾水，今天算是開眼界了！」

這下大家都服了，覺得面前這四尊羊脂玉石人像還真是無價之寶。大海嚥了口唾沫，回頭看了看他哥，見大江眼中也是佈滿血絲，於是大海眼珠一轉，嘿嘿笑著道：「老王頭，既然這羊脂玉雕像如此值錢，那我們是不是將它們搬出去運回，尋機會在香港找個好買家，賺筆大錢，咱們這些人也算沒白來新疆一趟啊，你們說對不對？」

大海生怕郎世鵬不同意，於是就把話題引到大家身上，以圖引起共鳴。這招果然好使，提拉潘首先贊成，連史林也跟著點頭稱是，羅斯•高更是雙手高舉微型攝像機：「我舉雙手同意！我們也不要再繼續探索了，快把這些玉石雕像搬出去，賣的錢大家平均分配！」

王植站起來活動了下胳膊說：「這麼巨大的玉石雕像，不小心就會碰壞，該怎麼搬呢？」宋越卻極力反對：「這是珍貴的文物，是屬於國家的，你們哪能私自就搬出去賣錢？」

提拉潘哈哈大笑：「你這老頭真的很幽默，我們找到的東西當然歸我們，又和你有什麼關係？」羅斯．高也說：「說得對！我先來試試這東西有多重。」說完，他上去抱住其中一尊玉石像就要搬。玉石的密度是二．六左右，整尊玉石人像至少也有半噸重，他自己哪裡搬得動？大江、大海和提拉潘也按捺不住了，連忙都擼袖子上去幫忙，郎世鵬一揚手：「都給我回來，誰讓你們搬的？」

幾人嘻嘻哈哈地沒當回事，竟將石像從青石圓墩上抱了起來，宋越有點急了，他衝上去一把拉住大江的胳膊：「你們不能這麼幹，這和盜墓賊還有什麼區別？」說完用力扳他胳膊。

大江沒想到這個胖中年人動手拉他，此時他雙手正緊緊捏著玉石雕像的腰部，這玉石油滑光膩，大江手上有汗忽然脫了手，玉石像立即失去平衡朝這邊歪，大江手疾眼快連忙伸手托住，可其他三人也都跟著脫手，玉石像直直地倒向青石板地面，在眾人「哎呀」聲中，啪的大響，玉石像磕在堅硬的青石地板上，頓時七分八裂摔成了數十大塊，細小的白玉碎片滿地亂飛。

大家都愣了幾秒鐘，王植首先回過神來，他大叫一聲跪在地上，雙手拍著大

第二十八章　銘文

腿，惋惜至極。大江氣得衝上去一把揪住宋越的脖領：「你這死胖子想幹什麼？攪老子的財路是不是？」提拉潘和羅斯・高也都衝宋越怒目而視。宋越見摔壞了玉石人像也有點發蒙，他連忙辯解：「我……我只是想阻止你們偷賣國寶，我沒別的意思……」

大海見哥哥動手，立刻也橫起眉毛，擼胳膊挽袖子甚至要揍宋越，正在場面開始混亂時，田尋心想我不能再旁觀了，他立刻上前攔在大海面前，喝道：「你要幹什麼？」

大海對田尋一向印象不錯，覺得這年輕人性格溫和，跟誰處得都不錯，也不拉幫結派。而現在見狀有點意外，怒道：「你小子也想學這胖子來教訓我們？」

田尋看了看這幾位，板起臉說：「我說哥們，咱們此行是到喀什考察去的，可不是盜墓團伙，如果幾位這一路上看到什麼值錢的東西都想順手牽羊帶回去，那我們還叫個什麼『古蹟考察團』，乾脆叫專業盜墓隊吧！」

這話說得幾人一愣，羅斯・高指著田尋說：「嗨，關你小子什麼事？你最好走遠點！」田尋說：「怎麼不關我事？我也是考察團的一員！」羅斯・高用力推了他一把，這美國佬身強力壯，田尋倒退好幾步差點摔倒，史林正站在他身後，他邁上半步左手在田尋後背輕輕一托，田尋頓覺身體穩如泰山。

史林對田尋頗有好感，再加上發生過沙暴事件，因此對羅斯・高是相當厭煩，他衝羅斯・高一瞪眼：「你這美國佬想打架麼？別挑比你瘦的來，和俺練練怎麼樣？」

羅斯・高被噎得直嚥唾沫，翻了翻眼睛沒說話，他可知道史林的能耐，十個羅斯・高捆牢恐怕也對不過人家半隻胳膊，正在他乾瞪眼沒咒兒念時，郎世鵬大喝一聲：「都給我退開了！」

還是老闆有力度，大江、大海和提拉潘同時放開宋越，悻悻地站到一旁。王植站起來對宋越說：「你呀你，這麼值錢的羊脂玉人像，就……就這麼……唉！」

宋越漲紅著臉，好像犯了天大的錯事，本來環境很涼爽，他也不再擦汗，可這麼一折騰，宋越腦門上又都是汗滴，不停地用手帕擦著。

郎世鵬走到他跟前拍拍肩膀：「老宋，不是你的錯，我們是考察團不是盜墓賊，你說得很對，田尋的話也沒錯，所以我在這裡有必要再重複一遍：從現在開始到喀什之前，無論遇到什麼奇珍異寶，沒有我的命令誰也不許擅自收取，我僱你們來不是偷東西的，如果有人違反規矩，他的另一半報酬就自動取消，到時候可別怪

第二十八章　銘文

我郎世鵬！大家都聽清楚了嗎？」

這番話最有份量，大家都點了點頭。王植見那摔壞的石人像腦袋正落在自己腳邊，他彎腰撿起石人頭，見摔開的斷口處平滑如被刀切，光滑得就像熱刀子剛切開的羊脂肪，不由得嘆道：「真是上好的羊脂玉啊，可惜……」

田尋笑著說：「可惜就可惜了吧，反正也帶不出去，留在這裡幾百年了，再值錢的東西也沒有任何價值。」王植點點頭，輕輕將石人頭放在地上。

這時，大家才開始注意四尊人像中央那個白玉圓桌，這玉桌面大如八仙桌，打磨得平滑如鏡。

最奇怪的是這圓桌共分為內外兩圈，內圈有臉盆大小，比外環高出半尺，而外環則更像個大玉環，內圈邊緣和外環的內壁都是齒輪似的齒牙，而且看上去兩個部件的齒牙似乎還能完全嚙合，只需將內圈按壓下即可。平滑的表面上刻了很多東西，外環是圖案，而內圈則是阿拉伯數字。

內圈中央還嵌著一本由玉石雕成的翻開的厚書，翻開的位置上寫著幾行彎彎曲曲的文字。宋越伸手摸了摸這本玉石書，發覺它和圓桌渾然一體，居然是相連的，這樣的雕琢工藝就更加困難，他向羅斯•高招招手，讓他翻譯石書上的文字。羅斯・高心情不太爽，有點很不情願，郎世鵬一瞪眼睛，他只好慢吞吞走過來，先笑了：「這東西很像賭場裡的輪盤賭桌啊，哈哈哈！」

隨後，他仔細讀了幾遍文字，說：「上面用古波斯語刻著幾句銘文，大意是：萬能的阿拉超絕萬物、主宰一切……真主用《可蘭經》引導世人……請借助《可蘭經》的序號之匙，開啟通向大拱拜之路……」

田尋說：「據我所知這『拱拜』一詞在阿拉伯語中是墳墓的意思，大拱拜就是為有身分者建造的陵墓，看來又是個謎語，想進到陵墓核心處就必須解開這個謎。」

宋越笑著點了點頭：「應該是這樣。看來阿拉伯人的確喜歡在這些有趣的謎語上下工夫。我宋越見過不下幾百座大墓，可像這樣有趣的陵墓還是頭次見識！」

大江顯然沒有他這麼開心：「這破墓怎麼淨玩這些文字把戲？直接告訴我們怎麼進去就得了，非得拐這麼多彎，真他媽的沒勁！」宋越笑了：「這可是幾百年前的阿拉伯聖裔之墓，哪能這麼容易就讓你進到裡面？」大江急得抓耳撓腮：「那怎麼辦啊，這破謎語我是解不開。」

郎世鵬白了他一眼：「等你解開估計得等到下世紀。你們有誰讀過《可蘭經》

嗎？」宋越和王植都搖頭，郎世鵬說：「也難怪，這《可蘭經》又不是武俠小說，如果不是穆斯林或專業研究者，看的人還真不多。田尋，你在新疆古國雜誌做過編輯，應該有接觸《可蘭經》吧？」

田尋笑了：「我平時倒是經常讀《可蘭經》，只是怕到緊要時刻反而派不上用場，不過這圓桌上刻的圖案倒是很有些研究頭。」

大家仔細一看，見圓桌外環上刻著很多圖案，有人物、怪獸、日月、星辰、金幣和古文字等，內容以圓心為軸呈放射狀分布，而內圈則刻有一圈阿拉伯數字，不知究竟何意。

宋越對羅斯・高說：「翻譯一下外環上的那些古文字。」羅斯・高逐一翻譯，有Dunia、Aakhirat、Malaika、Shayteen等等古波斯語單詞，田尋掏出手機，橫著將螢幕順滑，露出裡面的全功能鍵盤，再把羅斯・高念出的單詞發音用英文字母拼寫輸入手機，念了幾遍後說：「第一個單詞從發音上分辨似乎是都尼亞，這個詞在《可蘭經》中是『今世的生命』之意，以此類推，這個Aakhirat應該是阿希拉特，是『來世的生命』，郎教授，你說呢？」

郎世鵬有西亞血統，又經常去西亞國家考察，對《可蘭經》是再熟悉不過了，他讚許地對田尋點點頭：「一點沒錯。真沒想到現在居然還有年輕人這麼用心地讀過《可蘭經》，太不容易了！」倒說得田尋直不好意思，郎世鵬隨即又問：「那另外的兩個單詞呢？」

田尋把Malaika和Shayteen按發音反覆念了十幾遍，最後搖搖頭。郎世鵬笑著說：「天使與魔鬼！」

「對對，我想起來了，是瑪來卡和邪特尼！」田尋大叫一聲：「瑪來卡是《可蘭經》中提到的天使的名字，而邪特尼是魔鬼！」

郎世鵬道：「沒錯，這四個單詞都是《可蘭經》中出現過的人物，我們再看看其餘的東西，極有可能也是《可蘭經》裡的東西。」宋越和王植在旁邊乾瞪眼，王植說：「這裡除了你倆之外，我們都沒看過《可蘭經》，也幫不上什麼忙，所以只能全靠你們二位了！」

田尋微笑著點點頭：「我們盡量破譯。」

依此類推，又找出Eblees這個單詞就是「伊普勒斯」，它也是《可蘭經》裡提到的另一個惡魔，另外還有很多圖形，如：月亮、太陽和黃金。郎世鵬說：「可以肯定這些圖形都在《可蘭經》中被多次提到過，但這究竟是什麼意思？」

第二十八章　銘文

這時，宋越指著玉石外環上的一長串文字說：「這串文字好像特別長，而且字形偏大，有什麼特殊意思嗎？快叫羅斯・高來看看！」郎世鵬看了看說：「不用叫他了，這是普通的阿拉伯文字，其讀音是：Abu al-Qasim Muhammad Ibn Abd Allah Ibn Abd al-Muttalib Ibn Hashim。」

大江問：「什麼嘰哩咕嚕、亂七八糟的，聽不懂！」

郎世鵬搖搖頭笑了：「這是伊斯蘭教的至聖先知穆罕默德的阿拉伯文全稱，要用中文讀音說就是：阿布・阿爾卡西姆・穆罕默德・本・阿卜杜拉・本・阿卜杜勒・穆台列卜・本・哈希姆。」

大海說：「這是什麼名字？外國人就是好起洋勢，哪有這麼長的名字？」郎世鵬面現不悅之色：「這是穆斯林送給穆罕默德的尊稱，全意是：受到善良人們高度讚揚的真主的使者和先知。幸好我們這裡沒有穆斯林，否則你口出污言欺侮穆聖，人家非跟你拚命不可。」

大海不以為然：「那有什麼的，這裡不是沒有嘛！」

田尋說：「原來是伊斯蘭教的至聖先知、封印使者，他的名字確實雕刻得很顯眼，可能因為是身分的緣故吧！要特別重視。」

王植在旁邊問：「那內圈上的那些阿拉伯數字又有什麼用？」

宋越說：「也許和外環上的圖案有些什麼關聯。你們看，這內圈和外環都有齒輪，而且內圈高出一塊來，可能這就像是把鑰匙，只要將內圈的阿拉伯數字與外環上的圖案正確對應，然後再壓下內圈，令其與外環完全平行，可能就會打開通向大拱拜的通道。」

「我也這麼想。」田尋說道：「這種設計我似乎在某本古文獻上看到過，那書上面有很多歐洲中世紀時的機械部件插畫，有城堡的建築圖、拋石機原理圖、密室機關設計圖，其中好像介紹了一個著名的密室門鎖，就是用方形連桿將幾個由小到大的同心圓齒輪互相套在一起，分別都能轉動，對準位置後把幾個齒輪置於同一平面，鎖就打開了。我感覺跟這個玉石圓桌很像，只不過那個鎖很小巧，而這圓桌大了許多。」

宋越說：「我知道你說的那本書，是不是叫《中世紀歐洲機械圖鑑》的？」

田尋略一回憶，立刻道：「對對沒錯！你也看過那本書啊？」

宋越笑了：「那本書就是我編著的，我當然看過。」

第二十九章　手機中的謎底

這下眾人都哈哈大笑，郎世鵬覺得有趣之極，對田尋說：「你呀，看來是不小心撞到槍口上了！」

田尋不好意思地撓撓腦袋：「怪不得的，看來是聰明的西亞人從歐洲人那裡學會了不少製造精密機械的道理。但我記得那書上署名的作者好像是叫宋先明？」

宋越嘆了口氣，道：「那是我還在國家考古管理局任職時的本名，後來我得罪了領導，處處受人掣肘，機關裡實在待不下去了，沒辦法就辭了職。覺得沒臉見同行，於是就改叫了宋越。」說完，他低頭掏出手帕去擦汗，神情顯得很是無奈。

王植同情地拍了拍他肩膀：「老宋，過去的事就算了，人生就是這樣，不如意之事十之八九，等咱們到喀什完成了任務回去，你不也可以安心地過點清閒日子了嗎？哈哈哈！」宋越賠著笑連連點頭。

大江和大海早就急不可耐，說：「你們幾個聊完了吧？快去弄那個圓桌機關啊！」郎世鵬一瞪他倆：「就你著急，你要是急就自己去解決那機關！」大海說：「太好了，那我就來試試！」說完擼袖子就要上前。郎世鵬連忙攔住：「你還當真了，這機關你哪能會開？還是在旁邊看著吧！」大海悻悻退回來，嘴裡不停地嘟囔。

王植說：「圖案內容明白了，機關的原理也弄通了，現在就差如何對準內圈和外環的問題了。」宋越指著內圈上的一圈阿拉伯數字說：「這些數字要和外環上的圖案一一對應，達成某種特定的意義，才可以順利開啟機關。」王植說：「如果對應錯誤，有沒有機會再多試幾次？」

「肯定不行。」郎世鵬道：「這機關可是十六世紀的阿拉伯人專為聖裔陵墓設計的，絕不是兒戲，一旦弄錯了次序，非但打不開圓桌機關，搞不好還會弄出什麼嚴重後果，說不定這陵墓會被徹底封死。」

他說得十分鄭重，大家不由得面面相覷，王植說：「那還真得小心仔細地破譯呢！可惜我對這種考古解密不在行。」

郎世鵬和宋越都用雙手扶著玉石圓桌，仔細參詳內圈和外環上的圖案及數字，苦想兩者之間會有什麼關係，田尋在旁邊用左手拄著下巴，右手握著手機跟著動腦。他這部多普達手機是新買的高級智能電話，採用美國微軟公司最新Windows版

第二十九章　手機中的謎底

本移動操作系統，不但支持GPS導航和WiFi無線網絡，還配有16G的大容量內存記憶體，裡面可以裝載十幾萬部電子圖書，他用右手大拇指連連點擊螢幕，調出《可蘭經》的電子版圖書來，開始隨意翻閱書中內容以求找到靈感。

其他五人閒著沒事，都靠在牆邊閒聊，史林從衣袋裡抓出一把牛肉乾吃起來，旁邊的提拉潘和大江上去抓搶，史林說：「別搶我的，有錢自己去買……」忽然一瞥眼看到牆角有隻黑色小甲蟲爬出，順便移腳將其踩死。

這邊兩位專家看了半天，郎世鵬說：「從這些數字上我看不出任何線索，看來還得從外環的這些圖案上找突破口。」抬頭看到田尋的手機，問：「你在看什麼？」

田尋說：「手機裡有《可蘭經》的電子版本，我翻翻有什麼幫助沒有。」

郎世鵬眼前一亮，忽然想起了在平素研究《可蘭經》時，很多專家學者都關注過的一個問題，他連忙對田尋說：「你這手機有沒有類似電腦的文字搜索和統計功能？」

「當然有了！這是目前最先進的智能手機，說白了就是一台小型電腦，你想找什麼？」田尋答道。郎世鵬走過來說：「你把這外環上出現過的圖案和文字逐一在經書裡搜索，然後統計出它們各自出現的次數。」

田尋點點頭，先啟動搜索選項，然後將Dunia、Aakhirat、Malaika、Shayteen、Eblees和日、月、黃金、穆罕默德等單詞先後輸入，再透過電腦在《可蘭經》全文中搜索。手機畢竟沒有電腦快，兩分鐘之後才出結果，田尋指著螢幕說：「這就是搜索結果的列表，左面是我們剛才輸入的那些關鍵詞，右邊則是它們在《可蘭經》全文中各自出現的次數。」

郎世鵬、宋越和王植都湊過來看，只見螢幕上寫著：

都尼亞 Dunia——115次；阿希拉特 Aakhirat——115次；

瑪來卡 Malaika——88次；邪特尼 Shayteen——88次；

伊普勒斯 Eblees——11次；躲避伊普勒斯——11次；

黃金——8次；享樂——8次；

穆罕默德——4次；穆聖教誨——4次；

月份——12次；白晝——365次。

第二十九章　手機中的謎底

看到此結果，四人眼前俱是一亮，宋越用短粗的手指指著螢幕大叫說：「這些都是有規律的，是一一對應的，是對應的！」郎世鵬欣喜地說：「我也看到了，這就是我要的結果。你們看，Dunia這個詞在《可蘭經》中總共出現了115次，Aakhirat也是115次，而這兩個詞分別是今世和後世，它們出現的次數完全相同；下面的也是，天使瑪來卡出現過88次，魔鬼邪特尼也是88次……月份一詞出現過12次，白晝則有365次，而每年剛好有12個月和365天，這絕不是巧合。」

其他三人互相看了看，幾乎不敢相信。田尋說：「真有這麼巧的事？不會是馬堅在翻譯成中文的時候特意安排的吧？」

「當然不是。」郎世鵬說：「我不止一次讀過奧斯曼哈里發版的原文《可蘭經》，結果是相同的，而這些詞語又不是胡亂拼湊的，它們在文中的作用可以說是多一個嫌多、少一個又不夠，剛剛好。」

王植讚道：「太神奇了，真有這麼奇的事情？」大江他們聞聲也湊了過來。

郎世鵬笑了：「所以說這《可蘭經》一直被伊斯蘭教推崇為真主的聲音，絕不是浪得虛名的。」宋越連忙跑到玉石圓桌邊，見內圈上的阿拉伯數字中赫然便有兩組115、88、11、8和12、365這些數字，他大叫道：「我知道了，關竅就在這裡！」

說完他伸手抱住圓桌內圈就開始旋轉，這內圈似乎連著某種金屬桿件，在金屬相撞的咔咔聲中被轉動了大半圈，宋越雙手按著內圈上嵌的玉石厚書就往下按。

郎世鵬、王植和田尋不由得同聲驚呼出口：「等一下再按！」

可宋越的動作很快，內圈已經被壓下，與外環完全平行，兩者之間的齒輪亦是嚙合得嚴絲合縫，從外表幾乎看不到齒輪的接縫，完全渾然一體，成了個真正的圓桌。

大家全都下意識後退幾步，警覺地看著四周有無變化。幾秒鐘之後，忽然軋軋聲響起，正前方牆上的一扇裝飾用的穹頂浮雕門忽然從中央緩緩開啟，兩扇門橫向縮進牆壁中。緊接著玉石圓桌中央那本石雕的玉石厚書也彈起來，脫離了原來的位置。

眾人還是沒敢亂動，足足過了一分多鐘，大家才長吁了口氣。郎世鵬對宋越說：「宋教授，下次你可不可以等我們商量過後再做行動？」

宋越歉意地說：「實在對不住各位，剛才我的心情太激動了，所以就……我保證下次不會發生。」王植打圓場道：「還好機關搞對了！」宋越捧起那塊玉石厚書，翻過去一看底部，卻見玉石厚書底部有個拳頭大的圓孔，中央還有一個古文字似的符號，類似陽雕的印章，而且圓桌中央露出了個金屬桿，看來是用來固定這本玉石厚書的。

他拿著玉石厚書，嘴裡自言自語道：「這是怎麼回事？不知道做什麼用的，不過肯定與圓桌機關有聯繫。」正說著，忽聽那邊的提拉潘說：「你們來看，這扇門裡有什麼！」

宋越把玉石厚書讓田尋放在背包裡，大家來到那扇剛剛開啟的穹頂浮雕門旁，只感覺從裡面呼呼向外直冒冷氣，宋越被冷氣一衝，立刻張大嘴打了幾個噴嚏。大海道：「真他媽的邪門了，這裡怎麼跟大型冷凍庫似的，還直噴涼氣兒呢？」

王植身形比較瘦，冷得他渾身直打哆嗦：「早知道，我就多穿幾件……幾件衣服來，太冷了！」田尋問：「裡面是什麼？」幾支強光手電筒照去，只見面前是個長且寬的通道，一條由石板鋪成的路位於通道中央，最遠處距離大概有三十多米的樣子，而且中間還斷了一部分缺口，石板路下方深邃陰冷，也不知道究竟有多深，另外有大量冷氣從下面呼呼往上冒。

提拉潘從門裡探出半個身子，伸胳膊用強光手電筒朝下照去，只見石板路下方地面都是些黑色尖石，長短突兀，怪石嶙峋，活像天然形成的地底洞穴，冷氣就是從那些尖石的縫隙中冒出來。提拉潘回頭說：「下面好像是個天然形成的峽谷，涼氣就是從地底冒上來的，咱們走嗎？」

郎世鵬問：「那地下有多深？」

「最少有二十多米吧！」提拉潘答道。

「有那麼深？」郎世鵬感到很驚訝：「沙漠中怎麼可能出現這麼深的峽谷，而且還冒涼氣？」

提拉潘邁步踏上石板，往前走了幾步，說：「過來吧，沒什麼異常的。」

大家都走到石板路上，全都凍得直抱肩膀。田尋順便看了眼手腕上的波爾軍錶，溫度計數字顯示+8字樣，看來這裡的氣溫是攝氏八度，快趕上低星級冰箱的冷藏室了。年輕人還好說點，可那幾名中年專家都有點受不了，尤其是王植身體較瘦，冷得直打晃。

郎世鵬問他：「王植，你挺得住嗎？不行就先回去吧，到外面暖和暖和。」沒等王植回答，大家先都笑了，田尋說：「平時在沙漠裡行車大家都嫌熱得要命，恨不能都鑽進冰箱裡涼爽一下，而現在回沙漠去卻成件奢侈事了！」

宋越嘆著氣說：「唉，人生就是這樣，不如意的事情十之八九啊！」說完又打了兩個噴嚏。羅斯・高小心翼翼地探頭看了看腳下，問：「這裡是什麼地方，怎麼還能冒涼氣？」

郎世鵬蹲在石板邊，用手電筒仔細來回照了照，又從牆角撿了個石塊扔到尖石柱上，側耳仔細聽了聽撞擊的聲音，站起來拍拍手對大家說：「這裡很可能是個地質斷層岩帶，從聲音來判斷，這些巨形尖石柱的形成年代應該在中更新世左右，由侵蝕地層長期運動造成的蒸發鹽層自然劈裂，你們看，那些尖石柱上面似乎有點點閃光，那是因為鹽層岩裡面有鹽晶體裸露在外。」

田尋疑惑地道：「郎教授怎麼對地質學也有研究？」郎世鵬哈哈大笑：「我在西安大學雖然是學歷史的，但我經常到世界各國去進行科學考察，難免地會遇到各種地質環境，於是我平時也自學一些地質知識。」

「那這沙漠腹地這麼炎熱，怎麼又會有大量的涼氣冒上來？」王植又問。

郎世鵬慢悠悠地說：「從地殼深處到地幔之間，這段地質層的溫度是相當低的，雖然沙漠地表和空氣非常熱，但這些熱量最多只能透過沙粒傳導到十幾米左右的地下，卻無法滲透到深層的土壤和岩石層中，而我們從陵墓大門進來時甬道是階梯向下，現在這片地層斷層岩帶又有二十多米深，至於斷層帶下面有多深，就更不得而知了，據我估算，這些冷氣應該是從至少一百米深處的地質帶冒上來的。」

「怪不得這陵墓會如此涼爽，原來是有這麼個巨大的、不用電的大冰箱在這呢！」田尋戲謔道。

郎世鵬又說：「可是在沙漠中要找到這麼一片巨大的斷層岩帶是相當地難，幾百年前的回人又是怎麼做到的呢？真想不通。」

羅斯・高在旁邊有點不耐煩，他說：「我們是不是應該繼續前進，而不是在這裡研究這些破石頭？」大江和大海也連聲附和，郎世鵬抬腕看了看錶：「從我們進陵墓大門到現在已經過了十六分鐘，我答應杏麗最多一個小時就要回去，好吧！大家快抓緊時間前進，史林、提拉潘你們在前面領路！」兩人應了聲，在前面順著石板路前行。

腳下的石板路都是由兩米見方的石板組成，而且每塊石板間的接縫處都有一横排圓孔，每個孔大概有蘋果那麼大，不知道做什麼用。田尋彎腰用手摸了摸這些圓孔，問：「這些孔是幹什麼用的？」

第二十九章　手機中的謎底

宋越道：「可能是做裝飾的吧！」

大約走了十幾米便來到那缺口處，這缺口大概有一米半左右，對面的石板邊緣也有一橫排圓孔，正常人無需太用力就能輕鬆躍過。史林道：「這怎麼還缺了一塊？」伸頭向缺口下面一瞧，底下立著好幾根巨大的尖石柱，好似野獸的獠牙般沖天而立，這要是不小心掉下去，肯定得被掛在尖石柱上，不死也剩半條命。

郎世鵬問：「這缺口不大，估計連我也能很輕鬆地跳過去。」史林點點頭：「這點距離沒問題。我先跳過去，你們隨後跟來！」說完，把強光手電筒遞給田尋，退後半步準備跳過去。其他八人都用手電筒替他照著石板路，田尋道：「多加小心！」史林嘿嘿一笑：「這點距離算個啥呀？俺的彈跳力你們還沒見識過呢，太小看俺了吧！」說完，他右腳踏上石板邊緣微屈，腿一彈向對面躍去。

他用的力量並不大，因為這缺口不算太遠，根本不需要太大力氣，因此史林算準的距離是剛好落在對面的石板邊緣就行。

就在他右腳剛剛離開石板、身體騰空的瞬間，卻聽「嗆啷」一聲，對面石板邊緣的那排圓孔中突然彈起一排精鋼尖刺，這排尖刺又細又密，史林的身體恰好向尖刺落下，眼看就要活活被掛在上面。大家都嚇得齊聲驚呼。

但顯然已經來不及了，史林的身體正處在半空中，毫無借力的地方，就算功夫再高也不可能在空中改變方向！

就在這電光火石的時刻，史林那在少林寺學了十五年的功夫派上了用場，只見他右腳自下而上，勉強去勾踢那排尖刺，結果只有腳尖稍微碰到，而這一點力量對史林來說已經足夠，他使出借力打力的功夫，身體順勢向後反彈，身體下落時雙手伸出，手指縫從密布的尖刺中伸進去握住了精鋼尖刺，身體懸掛在石板缺口處。

這一變化簡直險到了極點，直看得大家雙手緊握全是汗水，宋越大喊：「史林，你沒事吧？」史林緊緊抓著尖刺，腳下就是巨大的尖石柱，大聲回應道：「我沒事，不用擔……」

剛說完，又嗆的一聲大響，那排可惡的尖刺竟又迅速縮了回去！史林雙手抓空，頓覺身體下沉，好在石板就在胸前，他雙手在石板邊緣輕輕一拍，口中「嘿」地一吐氣，身體像隻大鳥似地在空中來個前空翻，雙腳穩穩落在那排圓孔前面。

眾人看得心臟都快不跳了，史林唯恐再出現什麼意外，又向前跨兩步站在石板正中間，過了兩分鐘沒有異常情況，看來機關是徹底停了，他衝對面招招手：「沒事了，你們都跳過來吧！」

第二十九章　手機中的謎底

王植說：「先不能跳，為什麼史林偏偏身體在半空中的時候那尖刺才彈起來？肯定是觸動了什麼機關！」宋越走到石板邊緣，伸手用力去按邊緣處，發現有大約二十公分寬的一條石板微微向下沉了點，似乎有彈性。他的手剛鬆開，「嗆啷」一聲對面的尖刺又冒上來。

第三十章　聖裔的屍骨

郎世鵬看得清清楚楚，他罵道：「設計這機關的人太狡猾了，他們算準了時間，要是有人跳向對面，腳剛離開石板就會觸動機關，結果肯定是自己撲向對面的尖刺，活活被扎死在上面！」話剛說完，尖刺又縮回。宋越道：「沒錯。這個時間差算得恰到好處，而且就算有人反應機敏能抓住尖刺，它突然縮回，也能讓人失去憑藉而掉下去，簡直太精妙了！」

田尋說：「說來也怪，這缺口只有一米來遠，如果多用點力氣跳的話，完全可以越過尖刺，可人們的習慣是用剛好的力量，用力過度了還浪費，因此才會自投羅網，簡直太絕了！」郎世鵬說：「對，這是人和動物的基本生活習慣之一，這種現象在心理學上也被稱為『知覺選擇性』。」

宋越感嘆道：「沒想到幾百年前的人居然就懂心理學，而且這塊石板只下沉了不到兩毫米，不非常仔細地去摸，根本無法發現，這些都太令人佩服了！」

大海剛才在旁邊看得心驚肉跳，現在見宋越還有心思感慨，他又想起剛才打碎

第三十章　聖裔的屍骨

玉石雕像的事，頓時氣不打一處來，便說：「我說宋胖子先生，我看你怎麼還挺佩服這機關的呢？」宋越說：「這麼簡單而有效的防盜機關，難道不應該佩服嗎？」

「我們差點死了人呢！我看你就是存心故意幸災樂禍！」大江怒道。宋越漲紅了臉：「我……我怎麼可能是幸災樂禍呢？我剛才……」郎世鵬一擺手：「好了好了，都別說沒用的了，快想辦法破壞了這個機關，我們才能順利過去。」

田尋道：「可不可以找兩塊沉重的東西壓在那條石板兩端，不讓它彈起？」王植看了看大家帶的裝備：「我們身上好像沒有太沉重的東西？」提拉潘走到石板邊緣蹲下身體，伸右腳用力踏住那條石板，說：「這回就行了，我踩住這個機關，你們先跳過去，最後我再跳。」

郎世鵬對大江說：「你們兄弟倆先來。」大江不好說什麼，對提拉潘說：「我說泰國哥們，你這一條腿能踩住嗎？別半路鬆了勁，那我可就成掛爐烤鴨了！」眾人哈哈大笑，提拉潘說：「我從小研習古泰拳，對腿上的力量還是有自信的，你快跳吧！」

大江將信將疑，緊緊了腰帶，縱身用力跳過缺口，一切無事。他回頭招呼兄弟也跳了過來，隨後是田尋、羅斯・高，最後三位專家也跟著躍過來，宋越身胖體沉，腳下發虛，而且還有點暈高，跳的時候差點滑倒，提拉潘在旁邊伸左手一推他後腰，宋越那肥大的身軀頓時像駕雲似地飛將出去，直撲在王植身上，險些壓倒。

只剩提拉潘自己了，大家先讓出大片空位，提拉潘箭步擰身飛縱過去，直跳出足有三米多遠，身後尖刺伸出，不過當然傷不到他。

大家都安全過了石板橋缺口，羅斯・高問：「其他的圓孔不會也突然冒出什麼尖刺來嗎？我可不希望被穿成肉串。」

話剛說完，「嗆啷」一聲又起，郎世鵬正邁過一排圓孔，鋒利的尖刺從腳下如鬼魅般突出，史林正走在他背後，耳中聽到異聲響起就心知不好，還沒等那尖刺完全冒出來，史林探右手抓住郎世鵬後背迅速一拉，郎世鵬根本沒反應過來，身體躲過了尖刺，但腳下還是中了埋伏，尖刺從他右腳外側穿破登山鞋頂了上來，疼得他大叫一聲，差點坐地上。

田尋連忙回頭，見尖刺穿透了他的鞋，忙問：「怎麼樣？」郎世鵬疼得倒吸涼氣，臉上肌肉直蹦，他指著腳說：「刮……刮破了外皮，沒刺中，快幫我把腳拔出來！」史林抱著他腰，田尋先大聲喊道：「大家都躲開石板上的圓孔！」

眾人依言都離腳下圓孔遠遠的，田尋和王植蹲下捧住郎世鵬腳脖子，慢慢向上

第三十章　聖裔的屍骨

拔，鮮血順著精鋼尖刺流下來，紅白分明。腳拔出來後脫下鞋襪，見郎世鵬右腳掌外側被劃了個口子，幸好史林救得及時，不然非從腳掌中心來個穿糖葫蘆不可。

王植問：「帶了醫藥包嗎？」田尋連忙從背包裡取出雲南白藥粉末撒在他的傷口上，這雲南白藥果然神奇，幾分鐘後傷口就不再流血，王植又用繃帶將他的腳纏了幾道，算是處置完畢。

郎世鵬小心穿好鞋子，由大海和提拉潘扶著走，好在傷口不深，郎世鵬經常四處考察運動，身體素質相當不錯，所以也沒什麼大礙。

宋越心有餘悸：「這尖刺是誰觸動了腳下的機關？」大家都踩踩腳下的石板，似乎沒什麼異常處，忽然「嗆」的一聲，不遠處又有尖刺探出，郎世鵬大聲問：「又是誰踩的？快找找腳下！」眾人都蹲下仔細查看腳下踩著的石板，忽聽史林說：「這裡的石板似乎能活動！」宋越連忙過去細看，果然在史林腳邊有一小塊方形石板被大江踩得凹下去一點，只有大概兩毫米都不到，如果不仔細感覺基本上發現不了。

「大家全都遠離圓孔！」宋越大聲說：「史林，你可以抬腳了！」史林依言慢慢抬起右腳，幾秒鐘後，果然宋越背後的尖刺突然伸出，幾秒鐘後又縮回。

這下徹底明白了，當初設計機關的人時間差算得非常精準，他們算準了人踩到哪個機關，然後邁幾步會經過一排圓孔，那尖刺才會鑽出來，而不是踩到機關立刻就起效。看來這條石板路上肯定還有很多這樣暗藏的機關，大海有點犯愁了，哭喪著臉說：「這遍地都是機關，我看咱們還是回去吧！」

提拉潘不高興了：「要回去你自己回去吧，我還要找值錢的珍寶呢！」一聽珍寶，大海立時有了動力，他說：「可這些機關怎麼處理啊？」大江笑道：「你真笨，你忘了，我把咱們的寶貝工具都帶來了，現在正好派上用場。」說完他摘下背包，從裡面掏出一個木製小盒，盒上有一排細小的孔。

大江扳動盒子側面的按鈕，倒過來朝石板上揚灑，一股紅色細沙從盒子裡流出平鋪在地上，似乎給石板刷了一層薄薄的紅漆。說來也怪，剛才大海踩的那塊機關石塊處，出現了一圈方形白細線。

「這是什麼東西？」眾人都疑惑地問。

大江得意地說：「這是我兄弟倆自己研究出來的獨門寶貝，名叫『顯形粉』，是用壁虎尾巴和朱砂再加上水銀研成細粉，這東西粒細體沉、見縫就鑽，順坡而入，對付這種踩板機關再絕妙不過了！」

第三十章　聖裔的屍骨

提拉潘哪裡見過這種玩意，連忙道：「太好玩了，給我我來撒！」大江縮手道：「不行不行，你不會手法，這東西很難配製，你別再給我浪費光了，我自己來！」他走在最前面，右手來回均勻地撒著「顯形粉」，其他人緊跟在後。

古人云：工欲善其事，必先利其器。這話說得太對了，不多時大江就又發現了幾處機關石，這些機關石分布不均，有左有右、毫無規律。不過在顯形粉作用下，這些機關瞬間都成了聾子的耳朵——擺設，大江掏出粉筆，將有機關的磚塊畫了個大圈，大家走路時避開這些圈，一路暢通無阻地來到石板路盡頭。

盡頭處是個向外突出的圓拱形石壁，全用細長塊的青石砌成，好像是個大圓球被嵌進一部分似的。石壁上有門，門上刻有兩名阿拉伯持彎刀的武士，外形和剛才開啟過的彎刀門完全相同，唯一不同點是左右兩扇門顏色不同，左藍右黑，不知道是什麼意思。

史林對郎世鵬說：「依樣畫葫蘆？」

郎世鵬點頭。史林伸手扳動彎刀上的黃金護手，果然彎刀又縮回，石門在齒輪機關驅動下旋轉分開。

石門開了，裡面漆黑一片。史林掏出兩支螢光棒擰亮後從石門扔進去，藉著光可見裡面是個寬闊的圓形大廳，四周都是門，而正中央似乎有一個人坐在寬大的靠椅裡。史林藝高人膽大，他看了半天說：「那好像也是個假人，等俺先進去瞧瞧看！」

大家囑咐他千萬小心，史林把嘴一撇：「有啥的，沒事！俺啥場面沒見過？」大海從背包裡取出便攜式鹵素燈，先打開小型發電機電源，將照明燈交給史林，史林右手緊握手槍，再把強光手電筒緊塞在右袖中充當戰術手電筒，左手拎著鹵素燈走進大廳裡，大海在後面一段一段為他放出電源連線。

史林慢慢走進大廳，抬右臂照了照，見大廳中央有個正方形石座，石座上放置一把寬大的雕金石椅，上面端坐一人，此人背向大門，只能看到背影，身材高大，頭戴白色阿拉伯式包巾，上面直立幾根高高的孔雀翎，身穿白色鑲藍金絲邊長袍，豪華的腰帶似乎還別著一柄小巧的彎刀，從服飾看像個極有身分的人。

大海在門外喊：「我說，看到什麼了？」

「有個人坐在這兒，看不到正臉，等我轉過去瞧瞧！」史林邊答邊移動腳步，

第三十章　聖裔的屍骨

遠遠繞到正面抬右臂一看，不由得嚇了一跳。

只見這人臉上枯黑乾縮，只剩黑皮包著骨頭，眼睛是兩個黑洞洞的大窟窿，兩排牙齒微張，顯然已死了多年，乾枯細瘦的雙手搭在椅子扶手上。

史林雖然身懷絕技，但看到這詭異的場面還是嚇得雙腿有點軟，他大叫道：「這傢伙是個死人，不知道死了多少年了！」郎世鵬和宋越對視一眼，心中早有準備，史林環顧四周沒什麼異樣，趕快將鹵素照明燈放在地上開啟電源，啪地輕響，頓時滿室亮如白晝，大家也都走了進來。

眾人到現在才看清楚這圓形大廳，地面也鋪著平整的青石，除了中央那端坐金椅的死人之外，外圈還有很多浮雕穹頂門，這些門大小、外形顏色完全相同，每扇門下方都有放射狀條石通向中心的金椅，而且每兩扇門之間的牆壁上都有個長方形的凹洞，裡面還能看到有個陰文刻章，不知做何用。

田尋挨個數了下圓形大廳裡的門，說：「這裡總共有四十五扇門。」

史林揉揉眼睛：「弄這麼多門幹啥？看著俺的眼睛都花了！」提拉潘也撓著腦袋問：「難道每扇門都通向不同的房間？」大江卻顯得很興奮：「肯定是這個聖一財寶太多了，一間房子放不下，於是就造了四十幾間，看來我們要發大財啦！」

宋越聽他總是讀錯音，頓時學究勁兒又來了：「是聖裔，不是聖一，裔是後裔的裔，不是一二三四的一……」郎世鵬來到那坐像屍骨前說：「老宋，你別跟他較真了，快過來看看這個！」

宋越走過來一看，說：「從服飾看應該是十六世紀維族王室級別的人物，你看他身上穿的這件白色長袍，袖口、腰帶和底襟邊都滾著鑲藍葡萄紋的金銀絲線圖案，這種圖案只用在阿拉伯王室人物的衣服上，尤其是這金銀絲線共用，普通的阿拉伯貴族只許用單一的金線或銀線，而允許兩種線共用的只有王室家庭，這在等級森嚴的王室是絕對不能亂穿的。」

「沒錯，而且從他腰間的佩刀也能看出來，你看那刀是用綠鯊魚皮做鞘，外掛金銀雙環，上面還鑲有紅寶石和貓兒眼，護手和吞口都是純金的，握把還纏著烏金絲。光是這一柄彎刀，恐怕就不是普通人能佩得起的。」王植戴上眼鏡說道，他總是對寶石有著特殊的眼力和興趣。

史林說：「那把彎刀真漂亮，連俺都想拿下來瞧瞧了！」其他人也都被這把奢華漂亮的彎刀吸引住了，好像刀身上有種高貴的魔力。大江在旁邊樂壞了：「這刀太漂亮了，我先把它弄下來說！」說完，他縱身登上石座就要摘刀。

第三十章　聖裔的屍骨

郎世鵬連忙伸手去攔：「什麼東西你都能拿，就是這刀取不得！」

「為……為什麼取不得？」大江疑惑地問。

郎世鵬摘下眼鏡，說：「在阿拉伯，凡是男人到了十五歲都會佩腰刀，除了洗澡、睡覺之外每天刀不離身，如果有人蓄意奪走他的腰刀，那就會被視為是莫大的侮辱，普通人尚如此，王族就更要重視，所以這腰刀很可能連動著某種機關，你最好還是別動它。」

大江十分不甘心地退下來，又去尋找其他值錢物件。

兩位專家正在指指點點地交流心得，田尋忽然看到石座左側似乎刻有細細的花紋，蹲下來細看，又是一些彎彎曲曲的文字，他對羅斯・高說：「美國哥們，幫忙看看這上面刻的什麼字？」

羅斯・高對他心存記恨，假裝沒聽見，郎世鵬和宋越卻注意到了田尋的話，連忙走過來蹲下，郎世鵬問：「找到什麼了？」

田尋指著石座底：「你看，這裡有幾行文字，我不認識，不知道是阿拉伯文，還是波斯文。」郎世鵬回頭找人，羅斯・高這傢伙生性懶惰，故意躲到石座另一側去，郎世鵬大聲道：「羅斯・高，跑到哪兒去了？」羅斯・高正在縮脖偷笑，史林在背後用力一拍他肩膀：「美國佬，老闆找你呢，你在這幹啥？」

羅斯・高恨得直咬嘴唇，只好乖乖回到郎世鵬身邊，宋越急說：「快給翻譯一下！」羅斯・高強打精神，蹲下翻譯道：

「我是我，是偉大的伊斯蘭聖裔……是高貴的白色骨頭、哈密之王……是尊貴的阿其木伯克……是富有者木罕買提夏・霍扎。我長眠於阿勒圖勒克之地……我的珍寶亦隨我長眠於此，它只屬於聖裔……用來消滅罪惡的異教之人。」

宋越和郎世鵬同時驚呼：「原來這人不是額貝都拉，是木罕買提夏？」

田尋問：「木罕買提夏？」

宋越欣喜地說：「木罕買提夏是第一代回王額貝都拉的父親，是阿拉伯最高伊斯蘭教庭派到新疆的先驅者，他打敗了當地蒙古人建立起政教合一的哈密王國。」

大江問道：「原來這陵墓的主人不是那個鵝脖，是這個什麼木汗……什麼買買提？」宋越氣得直搖頭：「我要和你說幾遍才能記住？不是鵝脖是額貝都拉，這個也不是買買提，是木・罕・買・提・夏！」大江滿不在乎：「我才不管鴨脖鵝脖，只要有珍寶就是好的。」

郎世鵬說：「就這麼點文字嗎？再找找看！」田尋圍著石座尋找，在右側底座

第三十章　聖裔的屍骨

又發現有銘文，羅斯・高翻譯出來，大意是：

「偉大的《可蘭經》是真主的語言……無人可比擬它的雄辯……它是世界萬物之源……通往阿勒圖勒克的謎底……就藏在《可蘭經》中……海洋和陸地之間……」

郎世鵬看了看宋越和田尋，說：「事情好像越來越有意思了，又要解謎！」宋越顯得很激動：「我從沒接觸過這麼有趣的陵墓，這趟真沒白來！」王植喝了口礦泉水說：「看來這陵墓的建造者很喜歡給人出題，可惜我又幫不上什麼忙。」

第三十一章　大陸和海洋之間

田尋問：「阿勒圖勒克是什麼意思？是個地名嗎？」郎世鵬說：「在阿拉伯文中，阿勒圖勒克意即『黃金之地』，通常用來形容王族的皇宮或是陵墓。」宋越不解地問：「這墓主人木罕買提夏的屍骨不是已經在這裡了嗎？」

田尋說：「宋教授你忘了，左側那邊的銘文不寫著：我長眠於阿勒圖勒克之地……我的珍寶亦隨我長眠於此，它只屬於高貴的聖裔家族……用來消滅罪惡的異教之人。所以很可能木罕買提夏把一些陪葬的金銀財寶藏在某個房間裡，當然就是黃金之地了。」

忽聽有人插嘴：「哪裡有金銀財寶？」抬頭見是大海，這兩兄弟就對錢最感興趣，郎世鵬瞪眼道：「沒你的事，少在這攪亂！」然後又反覆念叨著銘文裡那幾句話：「通往阿勒圖勒克的謎底，就藏在《可蘭經》中，在海洋和陸地之間……在海洋和陸地之間……」

王植問：「海洋和陸地之間有什麼？」郎世鵬說：「有大陸架，再有就是淺海

第三十一章　大陸和海洋之間

區域了。」宋越搖搖頭：「不是，不能光從字面上簡單推斷，應該是某一種隱喻，和《可蘭經》有關的隱喻。」郎世鵬說：「看來還要在《可蘭經》中搜索答案了。田尋，讓你的手機派上用場吧？」

田尋早就掏出了手機，打開《可蘭經》的電子圖書，分別輸入「海洋」和「陸地」兩個關鍵詞開始搜索。

這時就聽大江叫道：「這是我的，你們誰也別和我搶！」抬頭見大海正在狂追大江，大江手裡則拿著木罕買提夏屍骨腰帶上別的那柄彎刀。

郎世鵬很生氣：「站住！我不是說了不讓你動那柄刀嗎？你怎麼還是動了？」大江邊跑邊笑：「老闆，沒什麼大事，我只是抽出了刀，並沒摘下刀鞘！」郎世鵬說：「你怎麼這麼不聽指揮？我剛才是怎麼和你……」話沒說完，就聽提拉潘用手指著木罕買提夏的屍骨大聲道：「那死人要倒下來，要倒下來！」

大家連忙定睛看，只見端坐在金椅中的木罕買提夏屍骨正在慢慢前傾，提拉潘大叫：「大家快閃開！」旁邊幾人嚇得連忙四散退後，木罕買提夏的屍骨從高大的雕金椅上直摔下來，「砰」地委頓在地，縮成一團。

史林卡了卡眼睛，對大江說：「看你幹的好事，把這死人給碰倒了。」大江也不跑了，爭辯說：「不是我碰的，我只是抽出了那柄刀，沒碰他的身體，真的，我兄弟可以作證！」提拉潘樂了：「他是你弟弟，不給你作證倒是怪事。」

郎世鵬氣得大罵：「都給我閉嘴！大江，我看你總是把我的話當成放屁，你們哥倆現在就給我向後轉，滾回車隊去！」

大江和大海還挺委屈：「老闆，其實我也沒幹什麼啊，不就是一把破刀嗎？取了就取了，這麼大的陵墓要是什麼都不拿，你說那該多傻呀，是吧兄弟？」大海連忙使勁地點頭。郎世鵬還要罵，王植說：「我剛才仔細查看了一下那把雕金座椅，沒發現什麼機關，算了吧！」

宋越也勸了幾句，郎世鵬消了點氣，這時田尋叫道：「有線索了！」郎世鵬和宋越連忙跑過來看，田尋指著手機螢幕說：「你們看，海洋這個詞在《可蘭經》中總共出現過三十二次，而陸地出現過十三次，兩者相加剛好為四十五，而這圓形大廳裡也有四十五扇相同的門，這也太巧了吧？」

「這不是巧合，而是《可蘭經》裡的一個謎團。」郎世鵬說：「這個謎團在近幾十年才被提出，因為現在科學剛剛用計算機和衛星計算出結果。」

田尋、宋越和王植都聽得直糊塗，郎世鵬繼續道：「正如剛才你說的，在《可蘭經》中提到過三十二次海洋和十三次陸地，相加就是四十五，再分別用32÷45、13÷45，得數分別是……我記得是……」

羅斯‧高在旁邊不耐煩地接口道：「用32÷45是71.11111%，用13÷45是28.88889%！」「對，沒錯，就是71.11%和28.89%！」郎世鵬說，「而現代科學家透過全球衛星精確計算出，地球上海洋和陸地面積佔地球總面積的比值，恰恰就是71.11%和28.89%。」

三人聽了都非常吃驚，王植說：「真有這麼巧的事？」宋越道：「也許是《可蘭經》流傳到了近現代，有人故意更改了經文內容，用來給教徒造成一種神力的假象呢？」

「不可能。」郎世鵬說：「最初的《可蘭經》從穆罕默德宣教之初，只零散地被記載在樹葉、羊皮或是石片上，而且各種語言都有，也並不一統。真正統一的版本是由穆聖傳授給他的徒弟，也是用死記硬背的方式流傳。然後徒弟再傳徒弟，同樣也是靠腦子硬背，而且必須背得一字不差、倒背如流才算合格。後來在一場戰爭中，好幾名會背《可蘭經》的聖徒死在戰場上，有人害怕經文會有失傳的危險，於是建議當時的阿拉伯奧斯曼哈里發將《可蘭經》落實在紙上，並且統一版本，這樣也可以防止不用版本的經文流傳會造成教徒分派。於是奧斯曼大帝力排眾議，令伊斯蘭教高徒把《可蘭經》以標準阿拉伯文字記載於羊皮紙上，並且複製了七份分置於七處，除了聖地麥地那之外，還有麥加、大馬士革、也門、巴士拉、庫法等地，由當地教堂的大長老嚴加保護，最後再把各地所有的非正式本《可蘭經》全部銷毀，這樣一來，《可蘭經》才有了千年統一的標準內容，並一直流傳到現在。」

宋越點了點頭，喃喃地道：「要是照這麼說，這《可蘭經》還真挺神奇的。」田尋也說：「所以穆斯林們才說《可蘭經》的內容絕不是人類所創造，而是由真主授給人類的神諭！不過說實話，我是個無神論者，對這件事持保留態度。」

郎世鵬笑笑：「不管怎麼樣，這四十五扇門肯定與三十二、十三有關，那石座側面的銘文上不是說通往阿勒圖勒克的謎底，就藏在《可蘭經》中、海洋和陸地之間嗎？這句『海洋和陸地之間』十分重要，你們都動動腦子，這句話應該怎麼破解？」

宋越端詳著圓形大廳四周這些浮雕門，看到每扇門之間都有一個長方形的牆洞，忽然他想起了什麼，對田尋說：「把你背包裡的東西拿出來，我給你的那個！」

第三十一章　大陸和海洋之間

田尋先一愣，隨即明白他的意思，從背包裡把那塊玉石厚書拿出來交給宋越。宋越走到其中一個牆洞邊，回頭說：「你們來看，這牆洞裡有個陰刻的銘文，文字符號和這個玉石書底部的陽刻文一模一樣！」郎世鵬走過來接過玉石厚書看了看：「果然是一樣的，原來你把這東西一直帶著？」王植說：「難道這玉石厚書就是開啟黃金之地的鑰匙？快放上去試試！」

「不能亂放！」宋越說：「這圓形廳裡共有四十四個相同的牆洞，裡面的陰文符號也是同樣的，如果放錯了肯定進不了黃金之地！」郎世鵬轉回身放眼圓廳，說：「銘文上說謎底就藏在海洋和陸地之間，那就應該將這四十五扇門分為三十二和十三的兩組，兩組門之間的那個牆洞才是打開鑰匙的關鍵所在！」

王植問道：「可是這兩組應該怎麼分呢？如果我們以大拱拜入口處界分的話，就有兩種分法，難道要我們來個二選一？」郎世鵬和宋越不語，忽然，田尋腦中靈光一閃，他指著進來的大門說：「你們看！我們進來的那扇門左右兩塊門板的顏色不同，是左藍右黑的，我估計這肯定不是裝飾用，那是不是剛好可以代表藍色的海洋和黑色的大地呢？」

「那就是說，這顏色就是個標記，左面的門是海洋，而右面的是陸地了？」王植興奮地說。宋越和田尋立刻開始查數，分別從兩側數了三十二個和十三個門，確定了中間那個牆洞。

郎世鵬捧著玉石厚書來到牆洞前，看了看宋越和田尋，見兩人都表情堅定，郎世鵬深吸一口氣，把玉石厚書底部的銘文陽刻對準牆洞裡的銘文陰刻，牆洞的大小與玉石厚書恰好吻合，郎世鵬用力推到底，「咔」一聲，玉石厚書牢牢嵌進牆洞內。

放好玉石厚書後，四人立刻離開牆洞退到大門處，半晌沒有動靜。大伙你瞅我、我瞧你，心想難道放錯了位置？大江、大海和提拉潘悄悄移動腳步準備開溜。

正在這時，就聽「鏘」聲響起，那玉石厚書居然被吸進牆洞裡，轉眼間蹤影皆無。眾人面面相覷，誰也沒敢說話。忽然，圓形大廳裡傳來巨大的金屬齒輪傳動的軋軋聲，聲音十分真切，似乎就在大家的頭頂。郎世鵬低聲道：「大家小心，離大門近一點！」

這時，正對著大拱拜正門的那扇浮雕門忽然左右旋轉分開，同時頭頂上的齒輪軋軋聲停止，緊接著又響起，但這次聲音遠了很多、既悶又沉，隨後軋軋聲越響越遠，似乎伸向了遙遠的地底，漸漸無聲。

第三十一章　大陸和海洋之間

眾人互相看看，宋越抬手擦擦汗說：「好像……好像我們開對了機關！」

郎世鵬向提拉潘和史林使個眼色，他倆舉著手電筒走到那扇浮雕門旁向裡照了照，回頭說：「是條向上的青石板樓梯，沒什麼異常！」

郎世鵬一揮手道：「史林，你帶上鹵素照明燈和提拉潘在前面開道，其他人都跟上，大家前進！」一行人先後鑽進石板通道。

這裡十分低矮狹窄，全是由青石砌成的階梯，其寬度只能由一人蹲著通過，也不知道當初怎麼設計的，好在除了宋越之外的手腳都算敏捷，向上行了十幾米之後又轉為平地，但仍然無法抬頭，只能弓著腰前進，相當地累。

史林和提拉潘拖著鹵素燈在前面走，強烈的燈光晃得兩人幾乎睜不開眼睛，提拉潘連忙擰了擰小型發電機上的旋鈕將功率調小，既不晃眼，還能省點電能。田尋邊走邊看頭頂的石板說：「設計陵墓的人太缺德了，這裡高度還不到一米，要是天天這麼走，非得腰椎病不可！」

宋越累得呼呼直喘，也說：「得腰椎病倒……倒在其次，就怕這大石板突然沉下來，把咱們都給壓成肉餅。」大江怒道：「我說老宋頭兒，你能不能說點吉利話？」

田尋右手扶著側牆邊向前爬，忽覺手上感到異樣，似乎牆上刻著什麼線條，他扭頭一看，牆上落了很多灰，將灰撲掉後露出幅壁畫來，再仔細看其內容，見畫的是個狼頭人身的人，背景是面圓形牆壁，上面有一排浮雕門，似乎就是剛才那有四十幾扇門的大拱拜，而且狼頭人左臂還戴著一個鳥形手鐲。

他邊看壁畫邊向前爬，不遠處還有一幅，刻著無數甲蟲在地上爬，似乎要衝向那狼頭人。田尋嚇了一大跳，他馬上又聯想起毗山陵墓裡刻在楊秀清十字墓穴上的壁畫，洪宣嬌手捧瓦罐傾倒甲蟲的形象浮現腦海，他心中開始打鼓。又往前走了幾米，第三幅壁畫又出現了，這回那狼頭人左臂前伸，那個鳥形手鐲十分顯眼，奇怪的是地上無數的甲蟲都不敢靠近，剛好在狼頭人四周空出一個大圓圈來，似乎那鳥形手鐲有著什麼魔力。

田尋看得心裡起疑，剛要喊宋越來看，這時最前面的兩位發現頭頂上豁然開朗，顯然已經走出了石梯通道，提拉潘連忙擰亮鹵素燈，史林大聲叫道：「到了，到了！」

「到哪兒了？」宋越和王植同聲問道。

卻沒見史林回答，郎世鵬大喊：「喂，史林，前面發現了什麼？」史林仍不作答。大家手腳並用，快速前進，抬眼看到前方似乎是個開闊的大廳，史林和提拉潘都呆呆地站著，好像兩根木頭。郎世鵬低聲罵道：「這兩個笨蛋，發什麼呆呢？」宋越說：「可能爬了半天，都累壞了。」王植說：「我們還沒說累，他兩個壯年人倒喊上累了？」

正說話間，幾人已經爬出低矮的石通道，王植反手扶著青石牆角慢慢直起身體，左手捂著後腰剛要舒展一下，瞬間卻被什麼東西給定住了，他張大嘴動了動，沒說出半句話來。

後面的大江、大海兄弟倆見前面不再低矮，三步並兩步衝上來直撞到王植身上，大海雙手扶著王植肩膀說：「哎呀我的媽，可把我給累……」話還沒說完他也呆了。後面的幾人全都來到廳裡，大家都被眼前的景象所驚呆。

只見面前又是個圓形的寬大石廳，和先前那個有四十幾扇門的圓廳不相上下，在鹵素燈強烈的光線照射下看得清清楚楚：地上堆得到處都是鑲金嵌玉的大箱子，有的箱子敞著口，裡面滿滿的金幣、銀幣都流到了外面，金幣中還半埋著純金酒杯、翡翠寶刀和各種金銀飾品，箱子之間散落著大批顏色鮮艷的絲綢、薄紗，牆上掛著很多幅由金銀絲線織成的毛毯，地上還擺放著十幾尊由純金鑄成的帶翅膀的駱駝，在鹵素燈照射下反出刺目的金光。

圓形石廳正中立著一根雕滿各種花紋的白玉圓柱，柱頭上有個斜架，上面擺著一本厚厚的、金光燦然的書。

大家呆了半晌才反應過來，大江兄弟倆大叫一聲撲向珠寶箱子，抓起裡面滿滿當當的金幣向天上揚去，哈哈大笑：「金幣啊，全是金子，我們發財了！」其他人也欣喜地衝向財寶堆，都興奮得不知所以。

田尋開始也著實激動了半天，可立刻又平靜了，他走到一尊純金飛駱駝前伸手彈了彈，發出空空的回聲，原來這尊金駱駝裡面是空的，即使這樣也相當值錢了，但這裡的財寶與毗山洪秀全小天堂中的珍寶比起來，無論是數量、還是質量顯然都差著一截，而且有了那段經歷，田尋對這些珍寶反而有種恐懼感，因此他並不感到怎麼興奮。

可其他人從來都沒見過這陣勢，尤其是王植，他精通寶玉石鑑定，自然也看過不少珍寶，但那只是一種喜好而已，從來都是為別人做鑑定，而自己卻並不擁有什麼。現在看到如此多的金銀財寶，王植簡直懷疑自己在做夢，他伸手抓起幾枚金幣，見正面鑄有葡萄藤花紋，背面是阿拉伯文的銘文，鑄造工藝雖不太精美，但光憑文物價值和金質本身，每枚至少也能賣上萬元錢。

郎世鵬畢竟見多識廣，把激動的心情平靜了平靜，開始環顧四周，看到了石廳中央那根白玉柱子，他走到柱子旁一看，這柱子也是由極品羊脂玉雕成，上面也刻著很多帶翅膀的駱駝飛翔在朵朵祥雲之中，更吸引人的是柱頭上的斜架中擺著一本厚厚的經書，經書通體金色，似乎都是由黃金製成。郎世鵬近距離端詳著這本經書，見最外面的封皮四周鑲嵌著天藍色的寶石外框，中央凹刻「القرآن」字樣。

郎世鵬異常激動，他熟讀《可蘭經》，知道這串阿拉伯文就是「可蘭經」的意思，再伸出手碰碰，觸手堅硬冰涼，似乎是金屬製成的，他心中狂跳：難道這本《可蘭經》是用金子做的？

第三十二章　金頁可蘭經

壯了壯膽再翻開封面，裡面的內頁中也嵌著藍寶石方框，中央凹刻著一串串整齊漂亮的阿拉伯文字，這一頁比普通的紙或羊皮稍厚，而且感覺很有些份量，他抑制住激動的心情，站起來對王植大喊：「王植，快過來，快過來！」

王植正在那邊欣賞一只碩大的貓兒眼寶石戒指，老半天也沒聽到有人喊他，田尋走到他跟前拍拍肩膀，王植才回過神。兩人來到郎世鵬跟前，郎世鵬對王植說：「你看看這本《可蘭經》是什麼材料製成？難道是鍍金的？」

王植極不情願地順手把貓兒眼戒指戴在手指上，掏出放大鏡彎腰仔細看了看這本經書，又伸手摸摸放在鼻端嗅嗅味道，最後翻開一頁放在掌心掂掂重量，對郎世鵬說：「不是鍍金的。」郎世鵬略感失望：「那是……」

「這書頁是由整片純金捶打成的，上面還拼嵌了天然藍寶石片。」王植嘿嘿笑著道。

這話把郎世鵬驚得渾身冰涼：「你說什麼？是純……純金做的？」

第三十二章　金頁可蘭經

王植點點頭：「當然了！我搞了幾十年寶石鑑定，難道還看不出純金？」

田尋也驚呆了：「你是說這本經書全是金頁子？怪不得這麼厚！」

郎世鵬伸手捧住這本純金《可蘭經》，這本經書厚度足有二十多公分，他說：「是它，就是它，終於找到了，原來它就在這裡！」

田尋和王植同聲發問：「是什麼？」

郎世鵬激動得聲音都發顫：「在伊斯蘭第三任正統哈里發奧斯曼主政時期，他統一了《可蘭經》的版本，把標準《可蘭經》分製七份放在七個主要的伊斯蘭地區保存，眾所周知的有麥地那、麥加、大馬士革、也門、巴士拉和庫法這六處，而最珍貴的一份純金頁經文則安放在巴海拉尼，經過了一千年之久。從十六世紀開始，這本純金經文就不再公開露面，也從未有人見過，當地的大長老也不肯讓真經示人，所以就有人開始懷疑經文是不是丟失了，或是被偷搶了，至於被誰弄走、弄到哪兒去了，卻誰也說不出來。可現在我們看到的這本純金頁《可蘭經》肯定就是當年放在巴海拉尼的那本經文，原來它被木罕買提夏帶到了新疆！」

說完，郎世鵬用力捧起經文，這經文由純金和藍寶石製成，重量相當沉，正當郎世鵬剛把經文抱離玉石經架時，那根羊脂玉雕石柱「咔」地上升了一些，好像原本是被經文壓住，而現在壓在上面的力量被釋放掉了。

王植退後半步：「怎麼了？這柱子怎麼……」

田尋安慰大家道：「也許是這經架年頭太長，被沉重的經文給壓得下沉了吧？」話剛說完，耳邊傳來一陣急促又細微的嘩嘩聲，聲音忽左忽右，飄忽游移。

王植驚道：「又是這種聲音！到底是什麼？」忽然聽羅斯・高大叫：「有蟲子，這裡全是蟲子！」幾人回頭看去，見從一堆財寶箱子縫隙中爬出無數隻黑色甲蟲，這些甲蟲有火柴盒大小，個個油光珵亮，頭前頂著兩隻尖螯向眾人衝來。

這回大伙都清醒了，忙不迭地左躲右閃，可更多的甲蟲從各個角落爬出迅速聚集，形成了一片黑色地毯向眾人壓來，大家嚇得大叫，史林、提拉潘拔出手槍開火，可子彈打在甲蟲堆裡只射死寥寥數隻，根本於事無補。郎世鵬連忙放下經書，田尋拉著他大喊：「快離開這裡！」大家跑到通道前，爭先恐後地往低矮石梯裡爬去。

甲蟲們跑得不比人慢，轉眼間就逼近大家，史林連忙掏出一枚催淚瓦斯彈，拉開拉環橫放在地上，噴嘴頓時呼呼噴出大量壓縮瓦斯白色氣體，形成了一道氣體牆。這種氣體裡混有高濃度的苯氯乙酮和磷氯苯亞甲基丙二腈，無論對人或動物都有強烈的刺激作用，那些甲蟲顯然也受不了，都紛紛朝後退去，幾次欲爬上前又都退回。

史林大叫：「大家快跑，瓦斯彈挺不了多久！」這些人哪個還用他教？都跑得比兔子還快，就連動作最笨的宋越身手也明顯快了許多，大家手腳並用在階梯通道裡爬行，耳邊都是大江、大海和羅斯・高的叫喊聲：

「快點爬，你的腳都踩到我頭了！」

「你往右邊點，給我讓出條道來，快！」

「哎呀，誰踢我……」

爬過這段平行通道後改為向下的樓梯，速度就加快了許多，大伙連滾帶爬又回到有著四十五扇門的木罕買提夏大拱拜，提拉潘氣喘吁吁地問：「能不能把這扇門給堵上？」環顧四周卻找不到可用之物，田尋叫道：「別找了，快跳到外面大拱拜的石橋缺口對面去！我想那些甲蟲總不會跳遠吧？」

這下大家都恍悟，各舉強光手電筒出了大拱拜正門開始逃向對面的缺口。提拉潘衝在最前面，他邊跑邊喊：「大家注意腳下的顯形粉，別踩到了機關！」

可現在這緊急時刻，又有幾人能想到這一點？尤其是大江、大海兄弟倆，論逃跑比兔子都快，一轉眼就衝到史林身前，根本不顧腳下還有什麼機關要躲，忽聽「嗆啷」一聲，不知哪個踩到了機關，一排精鋼尖刺探出，幸好沒人身置其上，否則就成了穿肉串，而田尋剛好飛奔到尖刺面前，他大驚失色想急煞車可來不及了，身體不由自主地撲倒，這時身後的史林伸出右手抓住他脖領一把揪回。

田尋急出了冷汗，也來不及道謝，抬腿跨過尖刺繼續跑。後面郎世鵬因為腳上有傷跑不快，他連連喊道：「大江、大海、田尋快來扶我！」

緊急時刻方能看出一個人的本質，大江和大海此時早把其他一切都拋於腦後，只顧自己逃命，壓根就沒理他這份翳子。郎世鵬摔了個跟頭，急得直拍石板：「快來扶我一把啊！我跑不動了……」田尋聽到身後郎世鵬正在呼救，他想都沒想，立刻掉頭去救他。剛巧史林經過，兩人一齊扶著郎世鵬前進，就這麼緩了一緩，身後的甲蟲如潮水般湧上，兩人暗叫不妙，如果繼續帶著郎世鵬跑肯定會被甲蟲追上。

這時史林又掏出一枚瓦斯彈拉開鎖環，將噴口對著身後邊跑邊噴，甲蟲們被白色氣體噴得四散退後，卻不逃遠，仍然不遠不近地跟著。田尋單手扶著郎世鵬，邊走還得邊用強光手電筒照著地面，注意地面上用粉筆畫出的圈，漆黑的石板通道裡

第三十二章　金頁可蘭經

只有強光手電筒的光柱來回亂晃，夾雜著雜亂的腳步聲。

不多時，一夥人就來到缺口處，身後嘩嘩聲如海浪漲潮般逼近，郎世鵬本來有傷，現在心裡又發虛，看到黑洞洞的缺口雙腿就開始打顫，說什麼也不敢跳了。提拉潘站在對面踩住石板邊緣的機關大叫：「快跳過來，我接著你們！」

郎世鵬急得險些跪倒，田尋回頭一照，黑壓壓的甲蟲居然離自己只有幾米距離，嚇得他狂喊：「甲蟲追上來了，快跳啊！」這時史林手中的瓦斯彈已然失效，甲蟲立刻又狂湧上來。

史林也不等郎世鵬回話，探右臂一攬將他腰夾在腋下，雙腿運勁「呼」地飛身跳到石板對面，其敏捷程度竟不次於空身跳躍。隨後田尋也縱了過去，被提拉潘穩穩接住，身後的甲蟲群湧，一時間停不下來，紛紛從缺口掉入深坑，剩下的都擠擠挨挨地被缺口堵住。

過了這道鬼門關，大家都鬆了口氣，跑回到四尊玉石雕像的石廳中。大江、大海和羅斯·高等人一屁股坐在地上，大口大口地呼呼喘氣，心臟差點都蹦到喉嚨外面。

史林站在門口用手電筒照著，回頭說：「甲蟲沒追過來，我們安全了！」羅斯・高帶著哭腔說：「那是一群什麼蟲子？我最……最討厭這種噁心的蟲子！」郎世鵬經過一陣急跑，腳上的傷口有點裂開滲血，田尋剛要幫他脫鞋上藥，忽聽大海顫抖地大喊：「蟲子！蟲子！」還沒等別人明白是怎麼回事，他已經跳起來奪路狂奔。

此時急促的嘩嘩聲又開始響起，從牆角那些圓孔中又迅速爬出無數的黑甲蟲，大家嚇得魂飛魄散，田尋一把扶起郎世鵬架著就跑，當眾人拐過一道彎時，甲蟲已經追了上來，宋越剛才洩了口氣，現在早就跑不動了，幾十隻甲蟲順勢爬上他的右腿，揚尖螯就鑽他的肉。

宋越疼得大叫「救命啊，救命……」史林見再不施救，宋越就得活活被甲蟲淹沒，他掏出最後一枚瓦斯彈扯開拉環，將壓縮氣體沒頭沒腦地噴向宋越的右腿，那些甲蟲看來幾百年間從沒遇到過這種瓦斯氣，又嚇得紛紛從宋越身上跳下退開，史林把瓦斯彈橫在甬道牆邊，依靠噴出的白色氣體攔住甲蟲來路。壓縮氣體慢慢減弱，一些甲蟲甚至穿過瓦斯氣牆衝了出來，史林單手邊開槍射擊，邊架著已經嚇得半死的宋越死命逃跑。

第三十二章　金頁可蘭經

眾人順甬道一路跑出陵墓大門，刺眼的陽光像千萬支箭直扎眼睛，熱浪猛地兜頭襲來，在陵墓中已經習慣了涼爽氣溫，忽然又回到四十幾度的高溫環境，大家頓覺頭暈眼花、窒息煩悶，再加上一路恐懼奔跑、急火攻心，郎世鵬等三個中年人立時昏了過去。

田尋大喘幾口氣，對史林大叫：「快，快到墓頂去關閉機關！」史林和提拉潘各自縱身跳上墓頂去扳神鳥石像，這時陵墓裡嘩嘩聲大作，無數甲蟲已經快要衝出墓門。這時軋軋聲響起，陵墓石門開始從兩側緩緩合攏，田尋、羅斯・高和跳下來的史林、提拉潘四把手槍一齊開火，爬在最前面的一小群甲蟲被打得四處分散，石門越關越小，等到只剩不到半尺縫隙時，一隻最大的甲蟲居然首先竄出了墓門。

這時石門砰地關嚴，那隻甲蟲似乎也發現同伴怎麼沒跟出來，自己是孤家寡人，牠吱吱叫著，揚了揚尖螯，扭頭就往回跑。提拉潘罵了句：「你也有害怕的時候？」抬手就是一槍，他槍法極準，子彈正擊中甲蟲後背，打了個稀巴爛。

這時，車隊那邊的杏麗、姜虎和法瑞爾等聽到槍聲也趕來，見大家都癱坐在地，十分狼狽，杏麗連忙問：「你們這是怎麼了？剛才為什麼要開槍？」

郎世鵬、王植和宋越三人還在昏迷中，田尋勉強站起來對杏麗道：「先……先上車再說！」大家抬著三位昏迷者回到車上，杏麗抬腕一看錶，時間不長不短，剛好過了六十分鐘，就好像事先安排好似的。

大家上了車先穩穩神，然後立刻點火發動，似乎還怕那些甲蟲會破石門而出。

首車的郎世鵬還在昏迷，因此杏麗的車臨時充當領隊，她拿起GPS定位儀，皺了皺眉，說：「我看不懂這東西，現在咱們應該朝哪個方向走？」

大家你看看我、我瞅瞅你，全都搖搖頭。杏麗知道史林和提拉潘是當兵的，大江、大海兄弟倆也是個粗人，那羅斯・高估計也不太懂，於是把目光投向田尋。

田尋知道這時候他的任務就艱鉅了，於是接過定位儀，仔細回想了下，說：「我記得郎教授說過，我們要去的目的地是鄯善縣郊，現在車隊的位置在哈密以北，離鄯善縣約四百公里，就是螢幕上這個紅點，也就是說，我們應該向北以一百公里的時速前進，現在是下午三點，爭取在七點天黑前到達鄯善縣郊。」

杏麗微笑著，滿意地點點頭，對田尋說：「看來我這個妹夫還算不錯，這樣吧，讓宋越到第四輛車上和羅斯・高對調，羅斯・高上第三輛車，你上我的車，和我一起當車隊指揮。」

田尋笑了：「我可不敢當什麼指揮，頂多就是個臨時管家罷了！」

第三十二章　金頁可蘭經

人員調換過後，車隊開始按田尋的指揮向北全速行駛。

杏麗問田尋剛發生的事，田尋簡要地講了一遍，杏麗在驚嘆之餘，也表現出很不滿意，並告誡下次不要再節外生枝。

十幾分鐘之後，王植和宋越都悠悠醒轉，大江和羅斯・高將濕毛巾給兩人腦門貼上用來降溫，兩人有點中暑症狀，還好不太嚴重。而郎世鵬的情況則不太妙，提拉潘摸他額頭有些熱，用溫度計量，體溫為三十八度，可能是剛才一冷一熱、急火攻心，有點發燒。

提拉潘從醫藥盒裡取出青黴素注射液，用一次性注射器給郎世鵬打了一針。半小時後，郎世鵬體溫開始下降，看來是抗生素起了效，但人還是昏昏沉沉地睡著。

這時，前方出現一條乾涸已久的古河道，看上去路況不太好走。杏麗問田尋：「我們是從這河道走，還是繞道找個平坦些的路？」田尋看著定位儀說：「按正常的思路當然是直線距離為最佳，但必須經過這個河道，只是不知道河道前面是否有路可尋。如果繞著走，對這片區域的具體情況又不了解，新疆這邊郎教授應該很熟悉，可他現在又昏迷不醒，我們必須盡快拿定主意，否則天黑就得露營了。」

杏麗透過車載揚聲器問其他人，大家都說對這裡不熟。杏麗一咬牙：「那就從河道走吧，我就不相信這裡還有比沙漠更難走的路，怎麼說咱們開的也是世界上最好的越野車。」於是，車隊駛進乾河道，繼續向正西方向進發。

車隊駛上正軌，大家就開始七嘴八舌地議論剛才回王陵的遭遇，大江道：「真他媽是太可惜了，那麼多珍寶，連一塊金幣也沒帶出來！」羅斯．高和提拉潘也紛紛附和，宋越不無遺憾地說：「那部純金頁的《可蘭經》才是真正的珍寶，它的價值根本不能用錢來衡量，只可惜沒能帶出來，否則該是多麼轟動的考古發現啊，唉！」

只有王植暗自慶幸，他摩挲著手指上的那只貓兒眼寶石戒指，心想這麼高純度的貓兒眼寶石，少說也能值一百多萬。

車隊進入戈壁腹地，路越來越坎坷，車輛不得不把速度降至最低，否則非翻車不可。戈壁灘上整齊地排列著數不清的木架，這些木架深入峽谷之內，一排排搭井木架順著山勢起伏，一直延伸到地平線盡頭。大江指著那些木架問：「這是什麼東西？」

第三十二章　金頁可蘭經

宋越邊喝水邊說：「那是坎兒井，是人工建造的地下水層蓄水池，用來把融化後流入地下的雪水透過地下水渠引到蓄水池裡，就可以一年四季不愁沒水澆田了。新疆的坎兒井總共有十幾萬條，其工程難度完全可以和古代長城相比。」

正說著，前方出現了一條大峽谷，田尋用望遠鏡看了看，遠處都是奇形怪狀的巨大岩礫。他看著定位儀說：「地圖上顯示這附近叫做五堡古墓地，前面的路似乎更不好走了，按這個速度，恐怕我們在天黑之前無法到達鄯善縣，怎麼辦？調頭回去繞道，還是繼續前進？」杏麗從來沒有過野外行路的經驗，心裡根本沒譜，無奈只得對田尋說：「你拿主意吧，我也不知道該怎麼辦。」

第三十三章　維吾爾嚮導

「妳是咱們的主心骨、大老闆，妳沒主意哪行啊？」田尋笑了。

杏麗顯得很不高興：「我算什麼主心骨？我都不知道為什麼會跟著你們來這種鬼地方！我不管了，你自己看著辦吧！」她索性閉上眼睛，也不再說話。

這下田尋抓瞎了，他心想：我也從沒來過新疆這麼複雜的地方，妳讓我看著辦？萬一出了事，我哪負得起責？他透過揚聲器徵求宋越和王植等人的意見。王植是個生物學家，野外行軍毫無經驗，宋越倒是去過些地方，他建議繼續向正西方向行駛，就算天黑了不好趕路，也可以依靠巨大的岩石為避風港，不怕有風沙來襲。杏麗一百個不願意在外面露營，但又強忍住沒說，她問郎世鵬的情況，提拉潘說還在昏迷當中，偶爾睜眼，但一時半會恐怕醒不了。

就在這時，史林大聲道：「你們看，那邊有兩匹駱駝！」

大江嘿嘿笑了：「有駱駝算什麼稀奇事？新疆不是說有很多野駱駝嘛！」

提拉潘說：「不光是駱駝，是有人騎著駱駝！」宋越連忙說：「有人騎駱駝過

第三十三章　維吾爾嚮導

來了？太好了，肯定是當地人，我們快去問問他們前面有沒有路！」

車隊拐彎向右，果然右前方有兩個人騎著兩匹雙峰駱駝，正慢悠悠地往北行走。等車隊開到近前，杏麗說：「你去問路吧，你手裡有定位儀，而且長得面善。」

田尋哈哈笑著下了車，向那兩人走去。這是兩名維吾爾族男人，頭上戴著方形的彩繪多帕小帽，身披白色長袍，各打著一把遮陽傘，前面那人約五十來歲，留著新疆式的八字鬍，左手還握著半導體正聽克里木的歌，見田尋朝他走過來，那人便勒住了駱駝。

田尋朝兩人揚揚手，用生硬的維吾爾語問候道：「牙合西木，西孜？」（你好嗎？）

這維吾爾人眼珠骨碌來回亂轉，一臉精明之色，他哈哈大笑著用漢語答道：「哎，一聽你就是漢族人嘛！我懂漢語，你的維吾爾語太差了，我叫安乃爾提，有什麼可以幫忙的嗎？」搞得田尋相當尷尬，他乾咳兩聲：「我們想到鄯善縣去辦事，由這裡一直往西可以走得到嗎？路上有沒有什麼障礙？」

安乃爾提愣了愣神，他還沒說話，身後那個年輕的維吾爾人驚奇地說：「你們想穿過魔鬼城到鄯善去？」

這回輪到田尋發愣了：「什麼……魔鬼城？」安乃爾提指著那峽谷：「過了峽谷就是五堡魔鬼城，那裡地形非常複雜，還常有毒蟲野獸出沒，沒有嚮導的帶領是出不去的。當然了，如果你們很熟悉地形就沒關係了。」

田尋看了看定位儀，皺著眉說：「我們就是不熟悉地形才問路的，你剛才說，沒有嚮導過不去魔鬼城？那要去哪裡找嚮導呢？」安乃爾提後面那年輕人笑著說：「我叔叔就是哈密的活地圖！」田尋對安乃爾提說：「你對這裡很熟悉？那你能不能做我們的嚮導，只要帶我們穿過魔鬼城到達鄯善縣就行。」

安乃爾提說：「過了魔鬼城路就順暢多了，前面的路不需要嚮導。」田尋說：「行，那就帶我們到出魔鬼城為止，怎麼樣？」安乃爾提嘿嘿笑了：「那總不能讓我白白辛苦一趟吧？」田尋道：「我們可以付錢，你要多少？」

安乃爾提眼珠來回轉了轉，笑著說：「一千塊錢怎麼樣？」田尋心想：你還真獅子大開口。於是說：「我作不了主，你跟我去見我的老闆吧！」安乃爾提說：「好嘛好嘛。」翻身下駱駝跟田尋來到車隊，田尋對杏麗說了情況，杏麗問：「你對這裡的地形真的很熟悉嗎？我們想用最快的速度趕到鄯善縣，多久可以到達？如果耽誤了行程你可負擔不起！」

安乃爾提哈哈大笑：「在哈密地區沒人不知道我安乃爾提的名字，他們都稱我是活地圖嘛，我相信這個名字不是白來的！最多一個半小時就能走出魔鬼城，再走兩百公里就會到鄯善縣，現在快四點鐘了，如果順利的話，天黑之前你們就能趕到了嘛！」

看著他自信的樣子，杏麗拉開皮包取出錢遞給田尋，對安乃爾提說：「這是一千塊，如果一路順利的話我會再多給錢，快上車吧！」

田尋把十張百元鈔票交給安乃爾提，這老漢沒想到對方這麼爽快，而且還是先付，連忙一把接過，回頭向他侄子招招手，他侄子引著兩頭駱駝過來，安乃爾提把錢交給他，從駱駝上取下一只大褡褳，說：「你先回鄉裡去，我要給這幾位朋友做嚮導去魔鬼城，完事之後我自己會回來的。」

年輕人點點頭：「叔叔，你回來的時候要小心點。」安乃爾提拍拍褡褳：「沒事，這裡面有帳篷的。」他侄子牽著兩頭駱駝向北走了，安乃爾提上了頭車，擠坐在田尋身邊，車隊又開始前進。

路越走越顛簸，抬目望去到處都是紅色，紅色的駱駝刺和紅柳，紅色的雅丹地貌群，地上也全都是紅色硬土，湛藍的天空和紅色的地表形成強烈對比。安乃爾提從背包裡抓出一大把紅棗塞在田尋手裡說：「吃嘛吃嘛，這是我們五堡的特產香棗，全中國就我們五堡鄉才有的！」

田尋見這紅棗大如雞蛋，便拿起一個咬了口，只覺又香又甜，味美多汁，還真是好吃得不得了，他誇獎道：「的確很好吃！為什麼只這裡才有？可以把棗樹移植到其他地方啊？」

「哈哈，不行不行！」安乃爾提連連擺手，「這香棗樹奇怪得很，在我們五堡鄉結出來的果子才好吃，移到別的地方種出來的棗子就不好吃了！」

田尋奇道：「是嗎，還有這麼邪門的事？」安乃爾提得意地掏出香菸，抽出一根遞給田尋，田尋說不會抽，他又遞給杏麗，杏麗當然不理他，安乃爾提又想給開車的法瑞爾，可能是見他是外國人又滿臉煞氣，遞菸的手又縮了回來，嘿嘿笑笑自顧吸著。

這菸不知道是什麼牌子，味道極衝，轉眼間車廂裡就充滿了煙霧，嗆得杏麗連連咳嗽，氣得她強壓怒火，而安乃爾提似乎毫無不在意，也許是看田尋長相和善，

第三十三章　維吾爾嚮導

一邊吞雲吐霧著，一邊和田尋聊天。

田尋問道：「安乃爾提大叔，我聽說新疆有好幾處地方都叫魔鬼城，為什麼這麼說？難道裡面還真有魔鬼不成？」安乃爾提嘿嘿笑了：「當然有魔鬼了，不過現在還早點，等天快黑的時候就出來了。」

杏麗撇了撇嘴，心裡倒有點害怕。田尋做過幾年新疆雜誌編輯，從很多資料上得知新疆的魔鬼城只是有很多雅丹岩礫，這些岩石形狀怪異，有如鬼斧神工，再加上風沙掠過會發出異響，就像鬧鬼似的，從未聽說還真有鬼，於是又問了幾句，可安乃爾提總是話說半截，神神祕祕的，聽語氣好像真有其事。

剛走出十幾公里，忽聽怪聲傳來，這聲音像戰馬嘶鳴，又像無數人在同時狂叫，聲音嘶啞悲涼。第三輛車裡的羅斯・高又嚇了一跳，問：「是誰？誰在前面叫？」安乃爾提聽到揚聲器裡傳來羅斯・高的說話聲，嚇得夾的菸都掉了：「這是什麼人說話？」

田尋笑道：「是第三輛車上的人，我們這四輛車都是聯通的，說的話互相全能聽到。」安乃爾提哦了聲，又撿起菸頭抽了幾口，才說：「這就是魔鬼城裡的魔鬼在叫，只是天還沒黑，所以魔鬼都不敢出來。」田尋心裡暗笑：這維吾爾老頭還真把我們當成白癡了，無非是想嚇唬嚇唬我們，可能是打算再多混點賞錢吧。

安乃爾提忽然問：「你們的汽油夠用嗎？」田尋道：「汽油足夠，我們車上還有備用燃料。」

這時，周圍開始出現各種奇形怪狀的巨大岩礫，這些岩礫簡直就是天然藝術品，有的像犀牛、老虎，有的好似戰馬士兵，還有的像極了烏龜，真是千奇百怪。羅斯・高邊拍攝邊問：「這些雕塑都是什麼人雕的？簡直太厲害了！」

宋越笑了：「這不是人雕刻的，是自然形成的。」羅斯・高驚嘆不已。

車隊按照安乃爾提的指引在巨大的岩礫中左穿右插，這些岩石就像當年諸葛亮的八陣圖，前後左右錯落相連，根本就分不清方向和路，車隊在安乃爾提的指揮下有時左拐，有時右轉，有時前方是堵死的，車隊居然還要向後迂迴，然後再轉回來。法瑞爾邊開車邊用法語對杏麗講著什麼，杏麗只是苦笑著搖頭，田尋從兩人的表情也能猜出，法瑞爾肯定是被轉暈了。

田尋問：「安乃爾提大叔，這魔鬼城的地形有這麼複雜嗎？我幾乎都要被轉暈了。」安乃爾提哈哈笑著說：「我說過魔鬼城是最複雜的，沒有嚮導，你們就算轉上三天三夜也出不來，不過你放心，我在這裡生活了五十幾年，這裡的每一塊石頭都是我的朋友，我和它們熟得很！」杏麗吐了口氣說：「那太好了，否則我們還得繞遠道走，幸虧有你這個嚮導，不然我們還真得困在這個什麼魔鬼城裡呢！」

安乃爾提被美女誇獎，顯得十分得意，田尋也稍微放下了心，但他仍然密切注視著手上的GPS定位儀，只見紅點後面拖動的紅色細線就像一團亂麻，有好幾次車隊轉了個大圈後又回到了原地，竟然在原地兜圈子，只不過路線複雜，大家早就被轉得失去了方向感和空間感，再加上附近岩石怪異，眼花撩亂間根本記不住方位特徵，只有在定位儀上才可清楚看到車隊的行進路線。

轉眼間一個半小時過去，時間已近六點鐘，前方的太陽漸漸向天邊靠攏，天色也從湛藍變為寶石藍，遠處天邊現出一大片火紅的晚霞，甚是好看。而車隊仍然在雅丹岩石中拐彎，前方是一條荒涼偏僻的峽谷，安乃爾提讓車隊駛進峽谷。

田尋心裡開始打鼓，暗想：就算地形再複雜，也不可能轉一大圈再回到原地吧？那不是白白浪費時間嗎？這個安乃爾提到底在搞什麼鬼名堂？他瞥眼看了看安乃爾提，只見他吸著菸，悠然地哼著維吾爾歌曲，眼神中似乎藏著一絲狡黠之色，無意中和田尋目光相碰，立刻轉移他處。

田尋疑惑更大，他咳嗽幾聲說：「安乃爾提大叔，這魔鬼城的地形你真的很熟？」

「那當然了，我閉著眼睛都能走出去！別急，再有一會兒就出去了。」他答道。

田尋說：「既然閉著眼睛都能走出去，那為什麼你領著我們兜了好幾個圈子？」安乃爾提不高興了，他提高嗓門說：「哎？你這個人說話很不講道理嘛！我怎麼可能帶你們兜圈子？」

田尋將GPS定位儀舉到他面前：「你自己看看，你領我們一共兜了六個大圈，每次又都回到原處，怎麼回事？」

安乃爾提臉上變色，他看著定位儀的彩色螢幕說：「你說的什麼嘛，我聽不懂！你手裡這個是什麼東西？是照妖鏡嗎？」田尋冷笑道：「沒錯，就是照妖鏡，專門照你這種心術不正的妖怪的！你看，這紅色細線就是我們車隊的前進線路。」

安乃爾提仔細看了看定位儀，說：「哎呀，我這老頭子年紀大了，可能有時候記不太清楚，你也看到這裡太複雜了，就是神仙也不可能記得很清楚吧？」隨後又嘿嘿笑了：「也許是我年紀大了，腦子不太靈了嘛！但仔細地想想還是會想起來的，不過你們再多付些錢嘛！」

杏麗哼了聲，剛要從皮包裡掏錢，田尋卻打斷道：「算了吧！就算地形複雜記不清，也不可能轉這麼多大圈子，正好相反，你對這裡的地形太熟悉了，所以才會如此準確地來回轉圈，卻又不太偏離方向！你看你領我們走的路線，恰好都是對稱的圈子！還有什麼話說？」

安乃爾提開始冒冷汗，但嘴裡仍然在強詞奪理，杏麗雖然沒看到定位儀上的圖像，但她社會經驗豐富，從眼神就看出這個嚮導心懷鬼胎，她臉若冰霜地說：「你把我們都當成傻瓜了吧？你究竟想幹什麼，快說，不然我讓你永遠回不了家！」

不知怎麼，安乃爾提見到美貌的杏麗眼睛放出凶光，嚇得渾身直哆嗦：「我……我沒有別的意思嘛！我只是想讓你們知道這裡不好走，想讓你們多……多付我點錢的嘛，不要這樣嘛！」

這句話把杏麗氣壞了，她大叫一聲：「停車！」法瑞爾踩住汽車，杏麗推車門怒沖沖下來，拉開後車門，一把將安乃爾提給揪了下來，按在車廂板上用力掐著他脖子說：「你敢耍我！看我不挖出你的眼珠來！」說完，刷地掏出多用途刀，亮出明晃晃的刀刃。

此舉可把安乃爾提給嚇壞了，他抖如篩糠、雙腿打彎，聲音也變了：「不要這樣嘛！真主會怪罪你們的，你們不能欺負我這個上了年紀的人……」

這時大家也都從車上下來，見杏麗如此發怒，竟誰也不敢上前勸阻。田尋看著安乃爾提可憐巴巴的模樣，頓時心又軟了，他上前對杏麗說：「算了，就算挖出他眼珠也沒用，既然知道了這回事，還是趕快讓他帶我們走出這裡就是了！」

杏麗側頭看看他，臉色漸漸回復了些，她把刀收回對安乃爾提說：「馬上帶我們走出魔鬼城，用最快的路線，不然你看我怎麼收拾你這個上了年紀的人！」安乃爾提點頭如搗蒜，滿口應承。

提拉潘用力抽了抽鼻子：「我似乎聞到附近有股怪味，你們聞到了嗎？」史林搖搖頭：「我沒聞到，你的鼻子怎麼這麼靈？」提拉潘笑了：「我在金三角熱帶叢林裡住了六、七年，什麼味道也逃不過我的鼻子！只是這味道不太熟悉，說不清是什麼。」正說著，卻見郎世鵬拐著腿也下了車，問道：「發生了什麼事？」

田尋驚喜地說：「哎呀，郎教授，你可算醒過來了！」向他簡單說了情況，郎世鵬也氣得夠嗆，說：「要不是我昏迷了半天，也不會讓大家費這麼多的事，雖然這一帶我來過幾次，但說實話也沒有進過魔鬼城腹地，所以還得讓他帶我們出去，大家快上車吧，天色不早了。」

第三十三章　維吾爾嚮導

正在這時，忽聽史林大聲道：「你們看，那邊有一隻狼！」

眾人甩臉看去，果然看到一隻銀灰色的狼站在遠處的岩石尖上，警覺地向車隊方向張望。提拉潘舉望遠鏡觀察，那頭狼似乎知道有人注意到自己，立刻轉身跑得無影無蹤。

提拉潘說：「好像是隻成年公狼，還好我們有汽車和武器，只是一隻狼而已，不用害怕。」

第三十四章　狼群

卻見安乃爾提突然間臉色煞白，轉身就跑，史林側身一個箭步揪住他：「幹什麼，你跑啥？」安乃爾提嚇得渾身發抖、牙齒打架：「那是天山狼，是天山狼！」說完，沒命地想掙脫史林的手，可史林那隻大手像鋼鉗似地捏著他胳膊，哪裡掙得脫？安乃爾提大叫：「你快放開我，我不想死嘛！我不想死！」

史林笑道：「我們不會殺你的，你害怕什麼？」

安乃爾提瞪著驚恐的眼睛說：「狼會殺死我們，會殺死我們所有人，會拿我們開飯的！」史林十七歲時在河南深山裡倒遇見過一隻狼，結果被他用戒刀直接劈成了兩半，因此並沒太在意：「俺說你這個人怎麼膽子這麼小？一隻狼還能把俺們這十幾個人都吞了不成？」

「那不是一隻狼，是狼群，是天山狼群！」安乃爾提嘶啞地叫道。這時王植忽然神色緊張，他對郎世鵬說：「這維吾爾人說得沒錯，狼是群居動物，肯定不只剛才看到的那一隻，牠應該只是個哨兵，後面可能還有更多的狼！」

第三十四章　狼群

郎世鵬經常來新疆，很熟悉這狼群的厲害，他立刻下命令：「大家快上車去關好車窗，準備前進！」眾人連忙行動，安乃爾提掙扎地不願上車，被史林硬塞進車裡。

田尋對安乃爾提說：「你立刻指出一條最近的穿出魔鬼城的路線，如果再耍什麼花樣，恐怕我替你說情也不管用了！」安乃爾提早嚇得沒了脾氣，乖乖地為大家領路。

杏麗問：「這條峽谷太難走了，我們要不要調轉回去？」安乃爾提說：「不用不用！從峽谷出去之後，向左轉到兩頭牛那裡再往東走，繞過大烏龜和老虎就快了。」

「什麼牛、烏龜、老虎的？」田尋聽得直發蒙。

安乃爾提說：「就是那些岩石的名字嘛，都是我給它們起的名字！」田尋說：「看來你還真的很熟，那就快給我們指路吧！」車隊在巨大的岩石中穿來繞去，暮色漸深，氣溫也慢慢降了下來，完全不似中午時那麼熱，最多也就是二十幾度，杏麗心中焦急：「天快黑了，今晚還能到達鄯善縣嗎？」

田尋搖搖頭：「今晚看來是到不了的，只能走出魔鬼城之後，隨便找個背風處露營了。」杏麗回頭看了看安乃爾提，頓時無名怒火上撞，嚇得安乃爾提直縮頭。

姜虎邊開車邊問：「老闆，覺得好點了嗎？」郎世鵬擦了擦腦門：「沒事了，就是還有點頭重腳輕。」忽然，從車載揚聲器中傳來宋越的喊聲：「有狼，有狼追來了！」大家全都往後看，果然有七、八隻或黑或灰的狼正不緊不慢地跟在車隊後面，始終保持著一段距離。王植說：「大家不要慌，狼輕易不會攻擊人類和車輛，牠們主要的目標是動物。」

大江掏出手槍，按下車窗將頭和右臂伸出窗外，舉槍瞄準說：「幾隻破狼有什麼可怕的？看我打死他們！」說完連開幾槍，打中了兩隻狼，那兩隻狼哀叫著滿地打滾。

王植怒道：「是誰開的槍？」剛說完，就見剩下的那幾隻狼非但沒有退卻，反而低聲嗚嗚加快速度追趕車隊。大家都害怕了，田尋問：「可能是把狼給惹惱了，這可怎麼辦？」郎世鵬氣得直罵：「這個大江就會添亂！看來沒別的辦法了，如果這附近只這幾隻狼還好些，提拉潘，你用自動步槍射殺掉那幾隻狼！」

提拉潘高興地答應，這下可有機會展示槍法了！他從後廂裡取出M4A3卡賓槍，將瞄準鏡推進皮卡汀尼導軌，裝彈上膛，拉下車窗向後面的兩輛車打手勢，然

第三十四章　狼群

後告訴姜虎向左偏輪讓開前路。後面兩輛車分別由大海和史林駕駛，他們見前車空出路來，連忙踩油門補上空位，姜虎再打方向盤轉回來變成尾車。

提拉潘邊調節瞄準鏡的倍數和丁字準星，邊說：「姜虎，把車開得穩點！」將M4A3的快慢機撥到單發狀態，「砰」地子彈出膛，一隻狼右腿中彈，在地上掙扎半天沒起來。

郎世鵬道：「打得不錯！」提拉潘搖搖頭：「瞄準鏡的準星有點偏右。」左手再調了調，又開了一槍，正中一隻狼的腦門，打得那隻狼翻個跟頭立時斃命。

調好了準星，提拉潘手指連扣扳機，砰砰砰！每槍都準確地擊中一隻狼的前額，不到二十秒的工夫，幾隻狼已經全部被打倒。郎世鵬豎起大拇指道：「真是好帥的槍法！」提拉潘笑笑道：「可惜第一隻狼沒打死，不過也沒法追我們了。」

安乃爾提隔著車窗玻璃看得真切，他右掌貼在胸前，嘴裡喃喃地說：「真主保佑，狼都被打死了……天哪，你們怎麼還有槍？」

話音剛落，就聽那隻斷了腿的狼揚起脖子，沖天嗷叫起來：嗚……嗚……嗚！叫聲忽高忽低，聽著十分刺耳難聽。王植很熟悉狼的習性，他大吃一驚：「不好，這狼是在向同夥報信，看來附近還有大批狼群！」杏麗急道：「那……那我們該怎麼辦？」

田尋說：「告訴法瑞爾加速前進，盡快駛出魔鬼城！」杏麗連忙翻譯給法瑞爾，車隊全都加快速度行駛，這魔鬼城本來就路面不平，現在就更加顛簸。安乃爾提連連指路：「在前面向右拐……再拐到左面去……不是這裡是前面！」提拉潘用望遠鏡密切注視後面的情況。

忽然他大叫：「又有狼追上來了……好幾批！從各個方向來的！」王植舉望遠鏡看去，只見近百隻惡狼由幾個方向的巨石後面繞出來，迅速匯成一群，快速朝車隊跑來。狼爪刨地聲和喉嚨裡發出的低吼混雜在一起，後面拖起長長的塵土。

杏麗哪裡遇到過狼群？早嚇得花容失色，聲音都發顫了：「這可怎麼辦啊？牠們會不會吃人？」安乃爾提也嚇得臉如死灰、神不守舍，他糊里糊塗地指引了幾條路，在拐進一條峽谷時，忽然發現前面被巨石堵死，根本無路可走。田尋大怒，揪著他的領口道：「安乃爾提，你又在耍什麼花樣？」

安乃爾提哭喪著臉，身體都站不直了：「我……我嚇壞了嘛，腦子裡頭亂得很嘛……」郎世鵬大叫：「快倒車，快退出去，這裡是死路！」可狼群動作很快，轉眼間也拐進了這條峽谷，而且似乎越聚越多。

第三十四章　狼群

史林大叫：「調頭加速，從狼群裡衝出去！」郎世鵬道：「不行！這些狼很兇惡，牠們會堵在車輪底下塞住路面，到時候我們就得被活活困死在車裡！」大江和大海都帶著哭腔道：「那怎麼辦啊？總不能撞開岩石吧？」

郎世鵬見左右都是高高低低的岩礫，連忙對提拉潘說：「提拉潘，你快用催淚瓦斯彈先阻攔狼群衝上來，其他人帶著自動步槍、手槍和手雷，爬到岩礫頂端去射殺狼群！」

提拉潘早從後廂裡掏出四枚瓦斯彈，盡量把身體探出車窗，擰開拉環伸右臂將瓦斯彈橫著扔在地上，幾枚瓦斯彈噴出的壓縮毒氣就像一道門，暫時攔住了狼群前進，四輛車又繼續開了幾十米，然後橫著停下連成一排堵住峽谷，史林、姜虎、大江、大海和田尋每人帶上一支M4A3和兩盒子彈，爬上峽谷兩側的岩石頂端居高臨下，就連郎世鵬等三位中年人也都操起手槍，下車準備戰鬥。

法瑞爾和杏麗交談了幾句之後，拎起隨身帶著的黑色大背包，從裡面掏出一只黑色塑料方箱，打開箱子，從裡面取出烏黑的槍管、槍身、瞄準鏡等零件，熟練地拼裝成一支長槍管步槍，他抱著槍下車，掰開安在槍管下面的支架，將槍枝架在汽車前蓋上，把長長的彈匣塞進槍膛，開始校正瞄準儀。

杏麗本來十分怕狼，可她生性潑辣，又不願意在男人面前示弱，也操起手槍裝上子彈，下車加入戰團。

催淚瓦斯的氣體漸漸減弱，狼群們爭先恐後湧進峽谷，左首的提拉潘首先開火，M4A3強大的火力轉眼間就打死了七、八隻狼，峽谷對面的史林和姜虎也不示弱，這幾位都是槍械高手，槍聲響後必定有狼或死或傷。

田尋抱起一支M4A3卡賓槍，勉強將眼睛對準瞄準鏡，他從來沒摸過自動步槍，這槍又挺沉，手勁當然不如提拉潘他們，還沒開槍胳膊就有點發疼。史林瞥眼一看就知道怎麼回事，邊開槍邊大聲道：「半蹲下來，把彈匣支在膝蓋上，單發射擊！」田尋依言右膝跪地，把彈匣頂著左膝蓋上，果然輕鬆了許多，瞄準鏡裡的狼群前湧後撲，根本無法確定目標，他咬牙開了一槍，後座力差點沒把下巴頂掉，瞄準鏡裡的目標早不知道跑哪去了。但歪打正著，這槍正擊中一隻狼的後背，頓時打斷了脊椎骨。

大江、大海身強力壯，又有過使用六連發獵槍的經驗，倒是打得挺爽快，六支自動步槍組成的交叉火力網打亂了狼群的陣勢，打得狼群中血花飛濺、哀嚎不斷。正面躲在汽車後頭的郎世鵬和杏麗他們幾支手槍也沒閒著，連連朝狼群開火，像王

第三十四章　狼群

植、宋越之流根本不會開槍，但前方狼群密集，子彈總會打到某隻倒霉的狼身上，羅斯・高在美國長大，美國沒有槍枝管制，他倒是經常玩槍弄棒。此時的他邊開槍邊高喊給自己壯膽：「打死你們，打死你們這群混蛋，都去死吧！」

安乃爾提身體蜷縮在峽谷盡頭緊閉雙眼，嘴裡不停地嘟囔：「真主保佑，真主保佑，保佑我不要被狼吃掉……」

有幾隻動作敏捷的狼僥倖躲過火力網，向汽車直撲。其中一隻身強力壯的成年公狼竟跑到杏麗躲避的汽車前面，一個魚躍飛身撲上，嚇得杏麗肝膽欲碎，連開槍都忘了，只顧大聲叫：「牠們過來了，過來了！」羅斯・高剛換上新彈夾，大叫道：「美女別怕，有我羅斯・高在保護妳！」手槍連連開火，全數打在那隻狼側腹上。

這隻狼被淩空打得腸穿肚爛，屍身摔到車窗玻璃上，鮮血和內臟四處飛濺，有一些血還灑到杏麗身上、臉上，她嚇得魂不附體，忙不迭地伸手抹狼血，臉嚇得煞白，握槍的手也直哆嗦，羅斯・高好色之心頓起，左手去摟她的肩膀：「美女到我這來，我羅斯・高就是妳的護花使者！」杏麗哪能讓他碰自己？右拳在他襠部打了一拳：「去你媽的護花使者！」這一拳很重，打得羅斯・高彎腰直吸涼氣。

狼群遭到迎頭痛擊，漸漸開始把陣形回縮，提拉潘叫道：「狼群開始後退了，大家繼續開火！」正在這時，忽聽見狼群後面傳來一陣特殊的叫聲，提拉潘透過步槍瞄準鏡看去，只見一隻身形碩大的銀色公狼從後面跑來，邊跑邊揚頭發出怪叫。

說也奇怪，狼群聽了這怪叫聲後，就像全體注射了興奮劑，全都精神亢奮，嚎叫著又往前衝，而且其勢更猛，很多狼邊衝邊大張著嘴，露出尖利白森森的牙齒，還往下滴著黏涎，令人心生恐懼。王植和郎世鵬互相對視一眼，同聲說道：「是狼王！」

杏麗膽怯地問：「什麼狼王？」

郎世鵬說：「在小型狼群裡會有為首的雌雄狼各一隻，如果是大型狼群就會有一隻特殊的狼王，一般都是體型特別大的公狼個體，最少能統治一、兩百隻狼，有的甚至更多，從現在這批狼來估計，少說也有一百隻以上，看來我們麻煩大了！」

杏麗都快哭了：「那該怎麼辦啊？我可從來沒遇到過這種東西！」郎世鵬和林之揚是舊交，對杏麗也很熟悉，他見平素潑辣厲害的杏麗現在卻嚇得六神無主，看來女人的天生弱點就是害怕鬼或野獸，她也不例外。

站在高處的大江叫道：「我說各位，你們看到那隻特大號的灰狼了嗎？他媽的

第三十四章　狼群

是不是吃化肥長大的？怎麼這麼壯實？」大海也說：「可不是嗎，長得跟小毛驢似的！」史林從小就聽人說過狼王，他連忙施令：「大家快瞄準射擊那隻狼王，把牠打死就好了！」大家連忙掉轉槍口，同時朝那狼王猛烈開火。

狼王不愧帶個王字，狡猾得很，牠居然找了塊背風的大岩石，將身體藏在後頭，這地方是個射擊死角，峽谷兩側岩石上的兩伙人槍口都打不到牠，子彈射得碎石亂飛，卻傷不到那狼王半根狼毛，而狼王仍然在不停地叫喚，聲調忽高忽低，竟然還是原生態的演唱風格。

大海急得直跺腳，嘴裡大罵：「這狗娘養的狼王，怎麼藏起來了？打不著啊！」田尋也急道：「就是啊，總不能靠子彈把那塊大石頭打爛吧？」

兩伙人還在焦急之時，狼群卻已經逼近了車隊那邊，幾支手槍根本無法阻攔瘋狂的狼群進攻，眼看著越逼越近，羅斯・高沉不住氣了，大聲喊：「我的BOSS，你快想個辦法，我可不想變成狼的晚餐！」郎世鵬生氣地說：「你以為我想被狼吃掉嗎？」

那狼王吸引了自動步槍的火力，剩下的狼群就被解放了，全都瘋狂向車隊撲來，轉眼間離郎世鵬、杏麗他們僅有不到十米遠。

三、五個人在近距離用手槍對付十幾隻惡狼，顯然相當徒勞，王植、宋越和郎世鵬嚇得連連後退，羅斯．高乾脆大叫一聲拋掉手槍，鑽進汽車裡關上門再也不出來。杏麗也嚇得快要哭了，扔掉手槍雙手捣住臉不敢再看。

郎世鵬大喊：「杏麗快回到車裡！」可杏麗天性害怕猛獸，已然亂了方寸。

這時，法瑞爾伸手抓住杏麗胳膊拉向自己，等先頭幾隻狼衝過來時，他掏出那把SIG-P228手槍連開數槍，每槍都精準地打在狼頭或者脖頸，幾頭狼頓時倒斃，杏麗下意識從後面抱住法瑞爾，法瑞爾握住步槍，手指扣動扳機。

姜虎和提拉潘他們正在岩石頂上向眾狼開槍，忽聽一陣低沉強勁而又急促的槍聲響起，只見法瑞爾正利用瞄準鏡開火，那支長槍管步槍噴出長長火舌，連續不斷的後座力震得他身體也跟著顫動。這支槍有支架做支撐，又是超長槍管，凶狠的扇形射程完全封住峽谷，把狼群先頭部隊迎面打得七零八落，轉眼就打死三十餘隻。

提拉潘側頭一聽：「是MK12 SPR自動狙擊步槍！聲音從哪兒來？」史林說：「是那個法國佬！這傢伙居然還藏了後手！」提拉潘羨慕地說：「這可是好槍啊，那個法國人還真有點好東西！」

狼群被法瑞爾的大火力步槍給打得蒙了，畏畏縮縮地不敢上前。法瑞爾用的是

第三十四章　狼群

五十發子彈的超大彈夾，但也很快就打光了，他正換彈夾時，幾隻狼又衝上來，其中一隻縱身猛撲向法瑞爾，他毫不在乎，左手更換彈夾，同時右手從腰間抽出一柄軍用匕首朝那隻狼甩去。

鋒利的匕首凌空劃著一道寒光，正插入狼的前額，那隻狼在半空中就已斷氣，屍身帶著慣性硄地摔在車前蓋上，四腳還蹬了幾蹬，這才徹底死透。法瑞爾也無暇去管，前方又有十幾隻狼衝到近前，剛巧法瑞爾換好新彈夾，五・五六口徑子彈無情地傾瀉出來，十幾隻狼轉眼間又被打翻。

第三十五章　白毛狼王

史林見法瑞爾如此兇猛，心中高興，從口袋裡掏出一個高爆手雷，拉掉拉環彈開壓片，用力拋進狼群裡。

轟！

巨大的爆炸力瞬間在狼群中間釋放，十幾隻惡狼毫無防備，被炸得血肉橫飛、屍骨不全。提拉潘也扔出手雷，又炸死了十來隻。

狼群在強大火力夾攻下開始慢慢退出峽谷，那狼王也被爆炸聲驚得害怕，迅速跑到峽谷外側遠遠躲起，但口中叫聲仍然不停，似乎還在呼喚更多的狼。

杏麗喘著氣問王植：「那狼王怎麼還不走？難道牠們還有同類趕來嗎？」王植道：「很有可能！狼王的權力很大，而且狼的叫聲在這沙漠中能傳出幾百公里，如果不消滅掉牠，恐怕後患無窮！」

這時，那被嚇呆了的安乃爾提跑來，邊跑邊叫：「狼群被打跑了，我們快上車出峽谷嘛，否則一會兒還有狼要來，快走吧！」郎世鵬上前推他：「你冷靜點，現

第三十五章　白毛狼王

在狼王還沒有走，我們再等等，暫時不能出去！」安乃爾提似乎被嚇傻了，他縱身爬過汽車滾到外面，沒命地往峽谷外跑去。郎世鵬和宋越大叫：「你快回來，危險，快回來！」

安乃爾提邊跑邊喊：「我才沒那麼傻，待在這裡讓狼群圍困，要等你們自己等吧！」田尋站在岩石上看得清楚，他雙手攏喇叭朝下大喊：「安乃爾提，你要幹什麼？快回去，外面很危險！」

可安乃爾提完全不顧別人的喊叫，一溜煙跑出峽谷，直向對面的岩石奔去。這時，就見那隻狼王不知從何處竄出，轉眼間就跑到了安乃爾提背後，直立起長長的身子伏向他的肩膀。安乃爾提感覺有兩隻毛茸茸的大爪子搭在自己肩上，下意識回頭去瞧。

新疆和西藏是狼經常出沒的地方，狼在背後攻擊人的方式很特別、也很簡單，就是立起來用兩前爪搭人的肩膀，地球上所有野獸攻擊對手的天性是咬咽喉正面，如果人一回頭，狼就會迅速咬住人的喉嚨。狼上下齒是向內彎的，咬合時上下交叉，根本就扯不脫，用力扯只會把喉管帶皮肉一起扯爛，俗稱「狼搭肩」。因為人長得高，狼在搭肩的時候就得長身直立，這時的狼除牙齒之外，其他地方都派不上用場，所以當地人遇到狼搭肩時絕不會回頭，有時嚇壞了的人快步奔跑，狼也雙腿緊蹬在後面跟著，只盼著人快點回頭好下嘴。

當然最好的方法是雙手迅速抓住狼的雙爪，同時下蹲用頭頂著狼的下頜，讓狼無法張嘴，如果有力氣的人就順勢將狼從頭頂甩出去摔個半死，或者用力往牆上靠，把狼活活擠死。

安乃爾提在新疆生活了幾十年，自然比誰都明白這個道理，可今天他先被杏麗嚇唬，再被大家屠殺狼群的場面嚇破了膽，一時就忘了狼搭肩這碼事，那狼王早瞪著紅眼珠子，張大嘴在那候著，安乃爾提眼睛看到一張腥臭的大嘴和兩排白森森的狼牙，猛然回過神來。但已然晚了，狼王一口就咬穿了他的喉嚨，鮮血從斷裂的動脈血管中直噴出老高，安乃爾提雙手亂舞亂揮，口鼻噴血。

岩石頂上的六個人看得真真切切，都從後脊樑骨往上冒涼氣，提拉潘和史林畢竟反應勝人一籌，兩人同時將瞄準鏡的丁字準星交叉點對準狼王要害，又幾乎同時將子彈射出，噗噗幾聲，正擊中狼王的肚子和脖頸。

狼王在安乃爾提癱倒的同時，也跟著倒下了，嘴裡還牢牢咬著他的喉管，大口大口直噴粗氣，身上的槍眼汩汩往外冒血。史林他們怕狼王不死，又繼續開火，田

第三十五章　白毛狼王

尋這回也有了活靶子，左手手指連勾扳機，將半梭子彈都招呼到狼王身上，狼王也不是銅頭鐵骨，頓時被六支自動狙擊槍打成了篩網。

剩下的幾十隻狼見狼王斃命，都像得了命令似地開始四散逃跑。郎世鵬朝岩石上大叫：「繼續射擊，能多殺幾隻就多殺幾隻！」

王植也跟著起哄高喊：「對！宜將剩勇追窮寇，切莫沽名學霸王！」六人繼續痛打落水狼，又射殺了二、三十隻，剩下的十來隻跑得太遠，這M4A3只裝有十倍光學瞄準具，畢竟不比那專業的來福遠距離狙擊槍，五、六百米開外的準度大打折扣，於是大家也就不再浪費子彈。

六人從岩石頂上下來，大家見互相都沒有受傷，還真是萬幸。羅斯・高慢慢從車裡鑽出來，一看遍地狼屍，那狼王也倒斃在地，高興得立刻又眉飛色舞起來，開始吹噓他打死了幾隻狼，又怎麼保護杏麗不受傷害，杏麗冷冷地譏笑道：「你這個英勇的護花使者怎麼是從車裡鑽出來的？難道車裡有什麼貴重東西要你保護嗎？」眾人哈哈大笑，羅斯・高臉皮甚厚，也跟著嘿嘿笑。

這時已近七點鐘，暮色更深，郎世鵬說：「我聽說在魔鬼城附近常有沙暴，到時候路面被厚沙阻攔就更難出去了，大家快將車擦乾淨，我們必須在天完全黑下來之前離開魔鬼城！」

大家連忙用最快速度清理掉車上的血跡，又用芳香清潔劑前後噴了一遍，以免狼血的味道會引來其他野獸。姜虎和田尋把摔在車前蓋上那隻死狼拖下來，狼腦門中還插著匕首，田尋用力將刀拔出來，說：「這柄刀真不錯，似乎是特種部隊專用的。」

法瑞爾從旁邊走來拿過田尋手上的刀，在狼身上擦淨血收回腰間，羅斯・高笑嘻嘻地說：「嗨，法國朋友，你那支槍簡直太棒了，什麼時候也借我玩玩？」法瑞爾根本沒理他，自顧拆卸那支MK12自動狙擊步槍，把零件都裝進那個黑塑料箱裡。姜虎笑著看了看田尋，小聲說：「這傢伙脾氣還不小呢！」旁邊的大江罵道：「擺什麼臭架子？好像別人都欠他錢似的！」

大海連忙扯他袖子，低聲說：「哥，你小聲點！」大江說：「怕什麼？這法國佬聽不懂中國話！」果然，法瑞爾拎著塑料箱鑽進汽車，始終一言不發，幾人相視而笑。

一切整理完畢，田尋問郎世鵬：「安乃爾提的屍體怎麼辦？我們要不要打電話給當地的警察？」

第三十五章　白毛狼王

「不行！我們不能再給自己身上惹麻煩，行路要緊，快上車吧！」郎世鵬堅決反對。於是大家都上了車，郎世鵬和田尋對換位置，仍然由郎世鵬領頭，手持著定位儀指揮車隊前進。

杏麗驚魂未定，她用礦泉水仔細洗了洗臉和脖子上的狼血，邊洗邊大罵倒霉。照鏡子理了理頭髮，努力平靜下狂跳的心臟，剛才狼群那可怕的景象仍歷歷在目，說：「不知道能不能快點繞出這個鬼地方，剛才可把我嚇死了，從來沒見過這麼多狼！」

郎世鵬也心有餘悸：「幸虧我們帶了武器，而且那個維吾爾族人也吸引了狼王的注意力，如果不是打死狼王，後果還真無法預料！這下惹麻煩了，那安乃爾提的死是不是要算在我們頭上？」杏麗哼了聲：「他那是咎由自取！要不是他領著我們來回繞圈，也不會闖進狼群的領地！」郎世鵬嘆口氣說：「他死得也夠慘了，活活被狼王咬穿了喉管，簡直太……」杏麗打斷道：「別再提了，一想起來我就噁心！」

車隊繞了幾圈，終於穿出了魔鬼城，定位儀顯示離鄯善縣還有兩百一十公里，而此時已經是七點二十分，天已經開始放黑，說什麼在天黑前也無法趕到目的地。

郎世鵬對杏麗說：「看來妳最不喜歡的事還是得發生，我們今晚要在沙漠中露營了。」

杏麗已經氣得沒力氣說話，用手撐著腦門說：「隨便吧……」

郎世鵬讓車隊繼續向西偏南的方向行駛了近百公里，直到天完全黑下，已經看不清路面。大家選了個高大的古城牆當避風港，並且遠離胡楊和沙柳，以避免被寄生其內的毒蟲叮咬。沙漠裡有很多枯死的植物，郎世鵬讓大家撿了大量的枯樹，在乾燥地面上先挖了五個淺坑，然後在淺坑中點起五堆篝火，這才將四輛車圍成U型，七手八腳地取出帳篷準備露營。此時氣溫已降到十五度左右，涼颼颼的，郎世鵬見大家都在忙碌著，便對杏麗說：「我們去那邊走走。」

兩人並肩而行，杏麗說：「是不是要下雨了？怎麼這麼冷啊？」

郎世鵬笑了：「這就是沙漠的特點，白天極熱而晚上極冷。新疆有句諺語：早

第三十五章　白毛狼王

穿棉襖午穿紗，圍著火爐吃西瓜。」杏麗問：「那為什麼會這樣？」

郎世鵬掏出雲菸點了根：「沙粒的比熱很小，只有水的十分之一，因此它吸收熱量的能力強，放熱也快，再加上沙漠地區很少有建築物、或植物來吸收熱量，所以沙漠的白天很熱；而夜晚沙粒吸收的熱量又迅速散失，又沒有建築可以散熱，而且沙漠的空中很少有雲，要知道雲彩也可以反射從地面上升的大量熱能，所以沙漠的晚上又很冷。這就是沙漠的特點，你別看現在涼爽，到了半夜還會降溫。」杏麗顯得很無奈：「真不明白我為什麼要到這種鬼地方來！」

「我想，應該是妳公公林之揚的意思吧？」郎世鵬神祕地一笑。

杏麗臉上罩了層怒氣，但沒說什麼。郎世鵬向後面看了看，低聲說：「那個田尋，其實是個很不錯的年輕人，在回王陵裡還救了我的命，怎麼，他是妳妹夫？」

杏麗笑了：「其實他是林小培的男朋友，老頭子非要讓他跟著來。」

「哦，雖然這年輕人不是什麼專家，也沒身懷絕技，但學識還算豐富，而且聰明好學、為人又正，我比較欣賞他，可我們這次是去抓阿迪里，是要和對方性命相搏的，他又能幫上什麼大忙？」杏麗冷笑幾聲：「你不知道老頭子的用意。跟你說實話吧，田尋知道老頭子的一些私密內幕，所以老頭子想讓他參加這次新疆之行，盡量讓他多參加危險任務，如果他能把性命搭在新疆，那才合老頭子的意。」

「什麼，這……」郎世鵬有些吃驚，「原來是這樣？那可有點……太可惜了……」

杏麗道：「這件事只有你知道，不能洩露。」

郎世鵬表情複雜地點點頭：「唉！我們回去吃飯吧，晚飯應該已經做好了。」杏麗說：「我才不吃他們做的東西呢。對了，這麼冷我們怎麼睡覺？到半夜還不給凍僵了。」郎世鵬笑道：「不用擔心，自有辦法。」杏麗顯得無精打采的：「我從來沒在露天環境睡過覺，這回可算是倒霉了！」郎世鵬哈哈笑了：「野外生存還是很有趣的，像妳，林氏集團的第一夫人，過慣了奢華舒服的日子，還真應該好好體驗一下接近大自然的生活方式。」

杏麗嘟囔著：「我才不稀罕什麼接近大自然的生活方式，我只喜歡我房間裡的大床。」

回到車隊營地，大家已經做好了食物，提拉潘和姜虎先支起兩把不鏽鋼餐鍋，將牛肉罐頭放在鍋裡，用壓縮燃料添水燉開，再加進些調味料，頓時香氣四溢，另一個鍋裡煮著速食麵，另外還有紅腸和麵包，除了杏麗和法瑞爾留在車裡，只吃牛肉罐頭和麵包之外，其他十人都圍坐一圈，開始吃飯。

大江邊吃著燉牛肉邊誇：「我說泰國哥們，你這牛肉燉得不錯啊，以前學過廚師？」提拉潘笑了：「泰國是美食之國，幾乎人人都會烹調，這也不是什麼新鮮事。再說以前當兵時也經常要在叢林裡野餐。」

史林吃著速食麵問：「我說泰國哥們，你以前在哪個部隊當兵，泰國軍隊嗎？」提拉潘笑了：「不是，我十九歲在德國斯圖加特軍事學院畢業，然後又受了三年隨軍特訓，二十二歲進入GSG9服役。」大海問：「什麼G……G9？」郎世鵬說：「GSG9是德國邊防第九大隊的縮寫，它是世界上第一支真正意義的特種部隊，如果我沒記錯的話，提拉潘是這個老牌部隊裡唯一的亞洲人。」

大海讚嘆道：「真的嗎？那你還挺厲害的！」大江又問姜虎：「那你呢，哥們？」姜虎說：「我在廣西邊境當了十一年偵察兵，主要負責清除潛入我國境內叢林中的外國不法份子。」羅斯．高道：「哦，你們都很厲害，那史林呢？你當過兵嗎？」

史林搖搖頭：「沒當過兵。俺是個孤兒，剛幾個月的時候就被爹媽扔在少林寺門口了，是老方丈收留了俺，六歲的時候開始在達摩堂教俺功夫，二十歲下山去闖蕩，開始在上海當了幾年城市特警，有一次執行任務時俺打死了個綁匪，結果被人投訴開除了，後來我到電影公司去當替身武師，可那些個主演明星大腕都牛氣得很，老是欺負俺，後來俺打傷了個明星，又被踢出電影公司，再後來經人介紹，找了個大老闆給他當保鏢，不料那老闆犯了罪進了監獄，俺就又沒事幹了。這不，郎老闆就讓俺來新疆，專門保護你們的安全。」

田尋笑道：「原來你的經歷還挺豐富的，對了，你在少林寺都學過什麼功夫？那少林寺可是響響噹的名氣呀，電影、電視、小說裡都看爛了，什麼七十二絕技之類的功夫真存在嗎？」

「那當然！你以為是假的？」史林隨手從旁邊抓起一塊堅硬的岩石礫塊放在地面，伸右手食指猛地點在石塊上，石塊應聲裂成兩半，史林說：「這個叫點石功，還有。」沒等大家反應過來，他又把兩塊石頭拿起來托在右手掌心：「這個叫鷹爪功。」說完他五指收攏捏住石塊，胳膊上青筋暴起，手臂微微顫抖，只聽咔咔咔一陣亂響，他五指越收越小，最後完全將石塊握於拳中，再展開五指，一堆灰粉順指

第三十五章　白毛狼王

間滑落。

大家全都驚呆，田尋半根香腸舉在嘴邊停住，完全看傻了。史林呵呵笑著說：「可惜當年那羅漢堂的師父怕俺貪多嚼不爛，只教了俺七種絕技，再多就不肯教了。」羅斯．高一直看不起史林，以為他無非是個身強體壯的壯漢而已，卻沒想到他居然身懷如此硬功，當下就佩服得五體投地。

大江來了興致：「史林太厲害了，再露幾手給大家開開眼怎麼樣？」史林一擺手：「師父告誡過俺，不可在人前賣弄武功，練武是為了強身健體、禦敵抗匪的，要是用功夫來壓人，那師父可是要怪罪。」大江氣得直樂：「你這個呆子，你師父在河南呢，他又不是千里眼，咋能知道你賣弄功夫？」史林一本正經地說：「錯錯，抬頭三尺有神靈，達摩祖師爺就在天上看著俺呢！」

眾人見史林雖然身有絕活卻毫不自詡，心中都暗暗讚服。宋越笑著說：「這少林寺絕技以前只在電視上看過，今天終於見識了真人，大開眼界啊，呵呵呵！」田尋忽然想起大江和大海兩人的身分，於是他笑著問：「大江，你們兄弟倆是做什麼行業的？」

第三十六章　裂背大麻蛛

大江剛要把一勺牛肉放進嘴裡，聽到田尋問又把牛肉倒回餐盒中攪了攪：「我們哥倆是專門研究風水學的，有時也弄弄古代建築方面的東西，和宋胖子專家差不多，只不過我們專門研究死人的風水和建築。」

「那就是專門研究陵墓囉？」田尋笑問，大海嘴裡鼓鼓地嚼著麵包，含糊不清地說：「你算猜對了，我們哥倆是專門研究盜……」大江接過話來：「專門研究道家風水，說了你也不懂。」田尋跟著點頭。

這時提拉潘看看身後的帳篷，問：「老闆，那個法國佬有什麼特長？我看他好像是臉上的肌肉壞死了，從來沒有過表情。難道你讓他來就是嚇唬小孩用的？」眾人哈哈大笑。

郎世鵬也笑了：「這個法國佬可不簡單，你、史林和姜虎都做過職業軍人，肯定聽說過RAID和SAS這兩個軍事組織吧？」提拉潘立刻道：「是法國黑豹突擊隊和英國皇家特別空勤團，和他有什麼關係？」

「這個法瑞爾分別在RAID和SAS服過役，你說他簡單嗎？」郎世鵬淡淡地喝著水說。

提拉潘簡直不敢相信耳朵：「什麼？你說他在黑豹突擊隊和英國SAS都服役過？我不相信！」郎世鵬道：「這是千真萬確的。他和我們一樣，咱們的老闆對我們所有人的背景都仔細調查過。」姜虎問：「那兩個特種部隊的薪水極高，他又為什麼會來這兒？」郎世鵬說：「對你們說實話，這個人退役之後一直在西歐各個國家做僱傭殺手，我們請他來也是看中了他的身手和槍法，不過這個人心狠手辣，希望你們平時不要惹他。」

提拉潘撇了撇嘴：「有什麼可怕的，我提拉潘還沒有怕過任何一個人。」大江譏笑他：「就憑你那三寸丁的矮個，也想跟人高馬大的歐美佬比劃比劃嗎？」提拉潘哼了聲：「個高有什麼用？要看有沒有力氣和能耐！」說完他掏出手槍退下彈夾取出一顆子彈來，左手捏住彈身，右手食指和中指屈起成虎爪形，用力夾住彈頭，就見他臉上肌肉緊繃，突然悶喝一聲，兩指猛地旋轉，子彈頭竟然被他硬生生給旋了下來，他左手將彈身往火堆上一傾，黑火藥灑在篝火中，呼地火苗躥出老高。

大家都嚇了一跳，尤其是姜虎和史林等經常接觸槍枝的人，皆知這子彈的彈頭都是用高速沖壓機嵌進彈身中，要想卸下彈頭必須用鉗子等工具，可這提拉潘光憑一隻肉掌就很輕鬆地卸下了彈頭，可見此人身上硬功了得。

大江嘴上稱讚：「太厲害了，沒想到你還有這手功夫！」心裡卻有點害怕，後悔剛才的話說得過了頭，如果提拉潘脾氣不好，自己說什麼也得吃虧。

眾人吃過飯後又閒聊了一會兒，郎世鵬腳傷未癒，感到十分疲勞，他看了看錶整九點鐘，說：「大伙早點睡吧，今天發生了太多事情，先是沙暴，下午又是回王陵，又是狼群的，也把咱們折騰夠嗆，早點睡覺養足精神，明天還得繼續趕路呢！」

大家也都覺得有點累了，姜虎和史林起身把五堆篝火弄滅挪開，將淺坑用細沙鋪平，然後將四大一小五頂帳篷紮在淺坑上，篝火將大量的熱能傳導給下面的沙層，人睡覺時，這些熱量就會向上慢慢釋放，這五頂帳篷就等於五個天然「火炕」，足以讓帳篷裡保持整夜溫暖，這也是沙漠露營者最常用的方法，簡單而有效。

杏麗單獨睡一個最靠裡的小型單人帳篷，其他四頂都是三人的大帳篷，田尋、王植和宋越一組，大江兄弟和姜虎一組，郎世鵬、史林和提拉潘一組，羅斯•高和

第三十六章　裂背大麻蛛

法瑞爾一組，最後大江哥倆又在旁邊生起兩大堆篝火以防野獸騷擾，大家脫了衣服分別倒頭睡下。

這帳篷是進口的軍用帳篷，雙層保暖，十分結實，裡面還掛有可充電式小型防爆燈，被沙層中的熱氣烘得溫暖如春，躺進去無比舒服。

田尋和宋越、王植共睡一頂，此時剛過九點，三個人都不太睏，於是宋越拉開帳篷的開口，把枕頭向外挪了挪，雙手枕在腦後仰頭看星星。他仰頭看著夜空說：「你們瞧，今晚的星空多好看。」田尋和王植睜眼看去，果然，漆黑的夜空中繁星點點、有明有暗，十分地密集，似乎比在城市中看到的更多，田尋不覺問道：「今晚這星星怎麼特別多？」

宋越道：「不是今晚特多，在新疆，每天晚上的星星都這麼密，因為沙漠地區天空少雲，而且大氣污染少，空氣透明度高，所以眼睛看到的星星就更多了。」王植說：「怪不得的，平時我在城市裡晚上見星星很少，而到了郊區鄉下，那星星就多了，看來就是這個道理。」

宋越說：「嗯，沒錯。而且只有在空氣透明度高的地方才能看到銀河，你們看，由北偏南那一條淺亮的發光帶就是銀河了，在城市裡想要看到銀河，可是難上加難。」順著他手指的方向果然找到了銀河。

田尋道：「銀河的形狀應該是一個漩渦啊，可現在看上去不太規則呢？」宋越說：「那是因為我們只看到了銀河的一小部分。看上去那只是一片淺淺的光帶，很多人會誤以為是夜晚的雲朵，甚至在幾十年前德國天文愛好者疑惑，說為什麼這塊雲朵風怎麼也吹不跑，鬧出笑話來。而實際上那片淺色發光帶中就有幾百億顆恆星，還不包括像地球這樣的行星。」

王植嘆道：「宇宙真是太大了，大到人類根本無法想像的地步。」宋越說：「也不一定，現在人類對宇宙的知識已經相當豐富，連它的誕生、構成和年齡都掌握了，很不容易。」田尋指著銀河問：「我們常說的牛郎和織女星在哪裡？」

宋越是半個天文學家，最喜歡和人研究學問，現在更是拉開了話匣子：「你看銀河北方偏西的那顆很亮的星，外圍還有一圈長方形的星體，那就是天琴座，裡面那四顆菱形星組成了一只織布梭子，織女星就在梭子右上方，等到一萬兩千年之後，它就會代替現在的北極星成為新北極。」

「哦？北極星也會轉換？」田尋好奇地問。

宋越說：「當然了，世界上沒有一成不變的東西，星座也是。比如：現在我們

第三十六章　裂背大麻蛛

看那邊的大熊星座，也就是北斗七星，在幾萬年前的樣子可不是個勺子，而更像個長柄勾，當然，幾萬年後還會變樣。」

聽他這一說，田尋頓時來了濃厚的興趣，問道：「宋教授，您以前見過飛碟嗎？」宋越笑道：「見過幾次，五年前在新疆伊犁、七年前在雲南昆明，還有十一年前在黑龍江的大慶也目擊過一次，總共有三次。」田尋又問：「那前幾天我們在雅滿蘇遇到的那個，您說是不是飛碟？」宋越咳嗽幾聲：「我也不敢肯定，說實話外太空掉落的隕石也能達到那個速度。」

這時王植說了：「我看過一個報導，說中國ＵＦＯ頻發的地區有三個：新疆、昆明和黑龍江，剛好和你目擊的地點吻合，這是怎麼回事？」宋越道：「這個問題也很困擾天文學家和ＵＦＯ研究者，有人說新疆地廣人稀，有利於地外飛碟在地球行動時的隱蔽性，但昆明可是省會城市，人口眾多，這就解釋不通了。」

田尋撓了撓腦袋：「這個觀點我也在科普雜誌上讀到過，說來也怪，昆明、新疆和大慶分別位於中國的三個角，不管經度、還是緯度都不一樣。」宋越閉上眼睛道：「世界上未知的謎太多了，我們這一代恐怕沒機會解讀，就得靠像你這樣好學上進的年輕人啦！」

王植也說：「沒錯，世界是你們的，我們這些老頭子都不行了，哈哈！」

後來，宋越收回枕頭，鑽進帳篷裡睡覺了。田尋仍看著天上，繁星充滿了整個視線，忽然他心生一種恐懼之感，似乎身體並不在地面上，而是飛到了浩瀚無垠的宇宙之中……

迷迷糊糊中就睡著了，在半夢半醒之中，田尋似乎聽到帳篷另一側外面有人在低低地說著什麼，他很好奇，看來還有人睡不著，如果是姜虎他們就去聊聊天。

他從帳篷裡鑽出來，繞過汽車走向外側……

遠遠看到一個人影正在古城牆角下自言自語，他好奇地湊過去，卻是郎世鵬在打電話，田尋有點沮喪，看來還是回去睡覺吧，隱約聽郎世鵬說道：「我知道兒子在喀什……問題是到底在哪裡……現在我們在五堡魔鬼城附近……你們繼續打探兒子的消息……有事立刻報告……」

田尋邊聽心裡邊納悶：什麼兒子在喀什？我們不是去喀什進行古蹟考察嗎，又扯上什麼兒子了？這時郎世鵬打完電話轉身，正看到田尋，他顯然有些吃驚：「你在這兒幹什麼呢？嚇了我一跳！」田尋尷尬地說：「我聽到有人在談話，以為有人睡不著覺，想過來湊湊熱鬧，卻原來是你在打電話。」

郎世鵬笑了：「今天都很累了，快回去睡覺吧，明天我們要早點啟程。」田尋哎了聲，回去睡覺了。看著田尋的背影，郎世鵬知道他肯定聽到了自己打電話的內容，沉著臉吐了口氣。

第三十六章　裂背大痲蛛

不知睡了多長時間，田尋被尿給憋醒了。他爬起來拎著強光手電筒鑽出帳篷，想找個背陰處小解。此時已近凌晨四點，東方天空已經有了些亮度，可沙漠中是相當地冷，大概也就五、六度的樣子，田尋被凍得瑟瑟發抖，不禁罵了句：「這沙漠是什麼鬼天氣，白天熱得要命，晚上卻能凍死人。」

小解完畢往自己的帳篷走，那兩堆篝火也燃得差不多了，只剩一大堆暗紅的木炭，手電筒光柱擺動間，田尋似乎照到有個活動的東西爬過，他揉揉發酸的睡眼，勉強定神去看，卻嚇得立刻清醒了，原來是隻足有洗臉盆大的蜘蛛！他低叫一聲，那蜘蛛被強光一晃，迅速爬出營地遠遠跑開，田尋不敢馬虎，連忙在附近仔細搜索，沒發現有什麼異常。

田尋正在考慮要不要通知郎世鵬，忽然看到有一頂帳篷的拉鏈敞著個大口，顯然是哪位半夜爬起來撒尿後沒鎖嚴，田尋怕有意外，走過去向裡面晃了晃，這一晃可嚇壞了，只見另一隻大蜘蛛正趴在大海手臂上。近距離觀看得更清楚，這大蜘蛛呈淺灰色，渾身長滿了茸茸的細毛，眼睛底下的兩對大螯肢此刻正上下亂動，似乎在吃什麼東西。

田尋活了三十一年，就是在夢裡也沒見過這麼大個的蜘蛛，嚇得他後背直冒涼氣，拿手電筒的手都開始發麻。正沒主意時，那蜘蛛感覺到有光晃動，迅速回頭，田尋雖然害怕但很清醒，他知道動物天性都害怕火和強光，於是他推動強光手電筒上的光度開關，強烈的光線刺得那大蜘蛛猛然從帳篷裡竄出，嚇得田尋一屁股坐在地上，那大蜘蛛可能被晃得蒙了，也沒有進攻田尋的意思，一溜小跑拐幾個彎就沒影了。

嚇跑了大蜘蛛，田尋連忙扯開帳篷，擰亮防爆燈去推大海。大海睡得正香，田尋用力推了十幾下也沒醒，就像醉鬼似的，旁邊的姜虎很警覺，他先醒來睜開了雙眼，坐起來問田尋道：「你幹什麼呢不睡覺？」田尋急道：「剛才我看到兩隻巨型

第三十六章　裂背大麻蛛

蜘蛛，有一隻就在這帳篷裡，不知道傷沒傷到大海，可怎麼也叫不醒他！」

姜虎大驚，這時大江也醒了，聽田尋講後也很緊張，連忙去推他兄弟，可大海就像被人點了睡穴，任你怎麼叫也是沒反應。這顯然不正常，姜虎看了看大海身體，忽然叫道：「你看他的手指，手指少了三根！」

大江抓起大海左胳膊，果然見鮮血淋漓，而左手中指、無名指和小指竟然都沒有了！大江道：「這……這是怎麼回事？難道讓蜘蛛給咬斷了？」

他伸手啪啪打了大海幾記耳光，可仍然無效，姜虎掏出多用途刀，拽出上面嵌著的大頭針來，對準大海人中穴就刺，還是這招管用，大海頭歪了歪漸漸有了些意識，大江擰開一瓶礦泉水，嘩地澆在他臉上，這下大海醒過來了，迷迷糊糊地說：「哥，你……你幹啥用水潑我？」

「你快醒醒，你左手疼不疼？」大江急切地問。大海慢悠悠抬起左手在眼前看了看，忽然瞪大眼睛：「我的手指……手指頭怎麼沒了？」大江問：「你疼嗎？」大海有點嚇傻了：「我……我怎麼一點也不疼啊，就是頭昏昏沉沉的！」大江不敢相信：「你真不疼？還是給疼呆了？」大海哭喪著臉說：「哥，我真不疼啊，我的手指哪去了呀？」

姜虎和田尋對視一眼，心說不妙，田尋立刻跑去叫醒郎世鵬和宋越，其他人都被吵醒了，大家穿好衣服都跑過來看，也全都驚呆。王植是生物學家，見多識廣，任何動植物都研究過，他問田尋：「你看到的蜘蛛是什麼顏色的，身上有什麼花紋沒有？」田尋說：「那傢伙全身淺灰色，都是長長的茸毛，後背沒什麼花紋，但中央好像有個豎條兒，就像裂了個口似的。」

王植跌坐在地，喃喃道：「是裂背麻蛛，我的天，太……太危險了！」

「什麼裂背麻蛛？」姜虎問。王植聲音發顫地說：「這是一種沙漠中最可怕的毒蜘蛛，牠的可怕之處不在於毒性有多強，而是牠在攻擊動物之前，會先朝對方體內注入一種麻醉劑，讓對方在極短時間內陷入昏迷狀態，幾乎完全沒有知覺，然後牠再安安穩穩地慢慢吃對方。因為有麻醉劑的作用，對方根本感覺不到疼痛，很多人在第二天醒來時，才發現自己的整條胳膊或是腿，已經被蜘蛛給吃光了。」

郎世鵬也點頭：「沒錯，五年前我在尼雅遺址還親眼見過那種蜘蛛，好幾十隻蜘蛛在一夜之間就吃光了一整頭駱駝，相當可怕。」

聽了這話，大家都嚇得渾身冰涼，羅斯・高用手前後亂摸自己身體，神經質似地說：「有蜘蛛，有蜘蛛，太可怕了，我身上沒缺什麼東西吧？」大伙見他的反

第三十六章　裂背大麻蛛

應，也都下意識低頭看自己的雙手，幸好都不缺指頭。

杏麗罵道：「這是什麼鬼地方？下輩子我再也不想來了！」郎世鵬吩咐眾人立刻四處查看，生怕附近還有這種蜘蛛。查找了一大圈，沒發現還有什麼蜘蛛的影子。大江說：「醫藥箱裡有解毒血清，我這就去拿！」

第三十七章　找兒子

「慢著，先別給他解毒！」王植卻阻擋住。他繼續說：「現在大海身體處於麻醉狀態也是好事，如果立刻解毒的話，傷口的疼痛會讓他很難受，這種毒液一般在六小時之內起效，等到時候他自己恢復正常，那時傷口已經開始凝固癒合，能讓他減少疼痛的感覺。」

大江頓時沒了主意，問：「兄弟，你現在感覺咋樣？」大海苦著臉說：「哥呀，我現在除了脖子和腦袋之外，全身哪都動不了，就像木頭人似的，我會不會死啊？」郎世鵬安慰道：「沒事，這種蜘蛛毒液只會麻醉，而不會死人，你不過丟了三根手指頭，這就是不幸中的萬幸，多虧田尋發現得早，要再過兩個小時，你這條胳膊就捐獻了。」

大江連連向田尋道謝。田尋說：「沒什麼，我也是碰巧發現，那我們是繼續睡覺，還是？」這種事情一發生，哪個還睡得著？杏麗也渾身不自在，說：「這地方太危險，我是沒心思再睡覺了，收拾東西上車出發吧！」大家都沒意見，於是紛紛

第三十七章　找兒子

收拾帳篷行裝，大江找繃帶給大海包紮了傷口，由兩人抬著進車裡，上車前進。

車隊向西方向開去。此時不到五點鐘，天空已然放亮，只是氣溫還很低，車裡也感覺有點冷，車載電子溫度計顯示+8的數字。杏麗感到有點冷，於是打開空調吹熱風。郎世鵬邊抽菸，邊盯著定位儀：「往西偏南方向開四百公里到庫米什鎮，再途經博斯騰湖到庫爾勒市，補充給養後再繼續向西到輪台縣，總行程就超過一半了！」

杏麗打了個呵欠：「真想馬上就到喀什，找到那個該死阿迪里，然後立刻回家，這種日子我真是受夠了！」郎世鵬笑了：「看來妳很討厭長途旅遊啊！」

「誰說的？我很喜歡旅遊，但我不喜歡這種受罪式的旅遊！」杏麗生氣地說，「差點被蜘蛛給吃了，這哪是長途旅遊，簡直就是出來送命！」

郎世鵬將定位儀扔在儀表蓋上，摘下眼鏡，用兩根手指捏著鼻窩說：「這次行動的確有點不太順利，先是我在回王陵裡傷了腳，大海又讓裂背麻蛛咬傷，接下來的這幾天我們更要小心謹慎，盡量少出意外。」杏麗說：「你可別再提那什麼蜘蛛了，我從沒聽說過還有那種東西！」

郎世鵬仰著頭、閉目吸了口菸，說：「沙漠裡稀奇古怪的東西多著呢，這算得了什麼！」然後又側頭問：「杏麗，能不能透露一下，我們要找的『兒子』究竟偷了林之揚什麼寶貝，惹得他下這麼大本錢來找？」

杏麗正取出一支歐萊雅潤唇膏塗嘴唇，聽他問這個問題，微微一笑說：「郎叔，這個問題上次在電話裡我已經解答過一次了，不方便向你透露，所以你還是不要問比較好。」

「好好，我不問了！」郎世鵬笑著戴上眼鏡，從兜裡拿出兩片阿斯匹林用礦泉水送下，說：「人到中年了，有點經不起折騰囉！」

向西開了兩個多小時，路面由沙漠逐漸轉為沙土，車輪揚起的黃沙幾乎擋住了汽車的擋風玻璃，幸好幾輛越野車跟得較近，否則後車根本看不到路，車隊身後拖了一條長長的黃龍。路況高低不平，到處是丘陵和沙坑，車速不敢太快，因此行駛得很緩慢。大江罵道：「這他媽哪是汽車啊？整個一台自動按摩椅，我渾身的骨頭都快給顛散了！」

此時天已經大亮，暖暖的陽光照射大地，氣溫也開始回升，田尋想按下車窗呼

第三十七章　找兒子

吸外面的新鮮空氣，可看到車窗外那漫天揚起的黃沙，只得打消了念頭，說：「現在的氣溫剛剛好，不冷不熱的，要是一整天都這樣該多好！」宋越笑了：「想法倒不錯，可惜再過幾個小時又得洗日光桑拿浴了，吐魯番盆地可是有火爐之稱！」

這時，法瑞爾用法語和杏麗說了幾句什麼，杏麗對郎世鵬說：「法瑞爾說看到前方遠處似乎有車影。」郎世鵬舉望遠鏡，果然發現在前面約十公里處有一輛綠色吉普正行駛，郎世鵬把望遠鏡倍數變到極限，勉強看到那是輛武警巡邏車，郎世鵬當即命車隊向北繞遠遠避開巡邏車。

杏麗問：「在這沙漠無人區怎麼還有警察巡邏？」郎世鵬道：「這是新疆軍區派出的武裝巡邏車，一般按隨機路線在沙漠戈壁中巡邏，專門用來搜索可疑份子，比如：走私犯、偷獵者，或是不法份子，我們車上有武器，所以必須避開他們，這種巡邏車每天只出巡一次，等它開過去就好了。」

就這樣，車隊拐了個圈遠遠繞開，在一片古建築遺址附近停下，這片古建築遺址地勢較低，剛好可以避開巡邏車的視野，順便大家下車吃點早飯。

這時空氣純淨，氣溫大約在二十四、二十五度左右，對人來說是最舒服的環境溫度，連杏麗和法瑞爾都下車活動筋骨。

田尋邊吃麵包邊問：「宋教授，你看這片遺址像是什麼年代的，啥來頭？」宋越笑了：「新疆沙漠中的古建築遺址比比皆是，我雖然專門研究考古但也看不出來，因為年代太久遠，在沙漠中經幾百、上千年的風化，一切可考的跡象都消失在茫茫黃沙裡了。」

郎世鵬端著牛肉罐頭走過來，笑問大家在談什麼，宋越說了，郎世鵬說：「現在我們處的位置往北五十公里左右就是高昌國的古城遺址，當年那高昌回鶻國也著實顯赫了一陣子，所以這片遺跡多半也是高昌國的什麼建築殘骸。」

宋越指著幾百米外一個殘破的圓形遺跡說：「你看那個圓形的破牆，可能在當年用做了哨塔，當然也可能是座佛塔基，從上面密布的方形洞口可以看出，有點像菠蘿的形狀。只是年代太遠，早就分辨不出來了。咦？那遺跡處似乎坐著個人？」

郎世鵬連忙舉望遠鏡看：「是個死人，快過去看看！」

田尋招呼姜虎和王植一同跑了過去，到遺跡近前一看，果然有個已風乾了的乾屍靠坐在石牆上，依稀還可看出身上殘破的旅行衣，這乾屍大張著嘴，雙手捧著一只軍用水壺，臉和手臂都極瘦，只是骨頭外面包裹著一層薄薄的深棕色皮膚。腦袋上的頭髮還沒有爛掉，隨著微風輕輕飄動，很是可怖。

第三十七章　找兒子

宋越道：「已經變成木乃伊了，可能是個探險者，迷了路又沒有水，最後渴死了。」田尋長這麼大很少見到乾屍，心怦怦直跳：「不知道這人死了多長時間了。有一年嗎？」郎世鵬蹲下查看：「至少三個月以上，但應該不超過一年。」

「你怎麼知道這麼精確？」田尋奇道，郎世鵬說：「這具乾屍已經完全脫水風化掉，對體重超過六十公斤的成年人來說，這個過程至少需要三個月。沙漠也有冬天，乾屍在經過冬天的低溫環境後，毛髮內的毛囊組織細胞會嚴重破壞，最後失去活性而爛掉，但毛髮不怕陽光和風沙，你們看這具乾屍的頭髮，雖然毫無光澤如同枯草，但保存得還很完整，所以是沒有經過冬天的乾屍，也就是在二月份以後死在這兒的。」

忽然宋越指著乾屍手臂說：「看，手臂上有科考隊留下的標記！」伸手由乾屍袖管裡拽出一段細金屬環，上面還刻著編號。

姜虎問：「什麼標記？」宋越道：「這是中國科學院的規定，所有的中國科考隊在野外考察時遇到乾屍、木乃伊或是其他人類屍體時，如果沒有條件就地研究或是運走，不得擅自移動和破壞現場，要維持原樣，並留下專用的編號標記，記下坐標位置，以便日後條件允許時再來處理。」

王植說：「那怎麼都好幾個月了，也沒派人來運走？」郎世鵬說：「新疆沙漠一帶經常有中外旅行者倒斃於此，國家科研的人手緊，如果沒接到失蹤的報案，時間一長也許就給忘了。」

姜虎哦了聲：「還有這麼多破規矩呢！一具死屍能有什麼用處？他還戴著手錶呢！」抹去錶盤上的灰塵，可見這是一個CASIO多功能野外運動錶。田尋說：「也許是個徒步旅行者，還真夠倒霉的！」

郎世鵬站起來拍拍手上的灰：「在新疆沙漠戈壁這種地方徒步旅行，可不是人人能行的，必須要有充足的補給和豐富的野外生存經驗，在資源不足的情況下，能最大限度地利用身邊一切可利用的東西延續生命，看來這人並沒有做到。我們走吧，乾屍沒什麼好看的。」大家也都回歸車隊，各自活動筋骨。

田尋靠在車旁，邊吃麵包邊在心裡核計昨晚聽到的郎世鵬談話中關於「兒子」的內容，暗想：此行不是去喀什進行遺跡考察的嗎？怎麼扯上什麼「兒子」來了？正在亂想時，郎世鵬拿著兩瓶礦泉水走過來，順手遞給田尋一瓶。田尋接過水瓶，眼神中充滿疑問。郎世鵬笑了：「有什麼話要說？」

田尋道：「郎教授，有些話不知當不當問：我們真的是去考察，還是和什麼

『兒子』有關係？」

郎世鵬嘆了口氣：「看來你還是聽到了。其實前幾天中午休息的時，你就已經聽到我打電話談到此事了，我本不該瞞你，現在就把事情都對你講了，走，我們到那邊散散步。」

兩人信步朝一個沙丘後走去，郎世鵬長嘆了口氣，說：「實不相瞞，這次我們到喀什去，並不僅僅是為了做文物方面的考察，最重要的目的是找我的兒子。」

此言一出，田尋大感意外：「什麼？找……找你的兒子？」

郎世鵬點點頭：「沒錯。你也知道，我妻子是維吾爾族人，我的兒子在外貌上隨她，也入了維吾爾族籍，可他的性格和興趣卻和我一樣，也喜歡考古和文物研究。但他不喜歡在大城市裡生活，我幾次想帶他到瀋陽或是北京居住，他都不肯，長年都在新疆各地旅行、考察，探尋文物古蹟。」

「七月末的一天，我那寶貝兒子在喀什給我打電話，說他在喀什郊外找到了一座未被發現的古墓，而且還有不少有價值的文物，我也很興奮，告訴他一星期

第三十七章　找兒子

後我就趕到。可第三天我卻又接到了他的電話，他在電話裡語氣很急，說被一夥不明身分的人跟蹤，懷疑是文物走私份子，我急得手足無措，只能告訴他盡快想辦法脫身，安全要緊，可從此之後就再無消息，手機也接不通，完全聯繫不上。我立刻打電話給新疆喀什警方，可一連幾天杳無音訊。我知道他肯定是被那伙壞人給抓住了，不知道他們的目的是什麼，因為我從未接到過那伙壞人的電話，也沒人向我勒索贖金，到現在還生死未卜。我透過關係託在喀什的朋友終於打聽到一些蛛絲馬跡，原來我兒子是被喀什一個叫阿迪里的塔吉克文物販子給綁架，並且搶走了那些文物，然後阿迪里聯繫上了一個綽號北山羊的文物販子，可能是想把文物賣給他。我就這一個好兒子，他又聰明又好學，所以我竭盡全部家產組織了這麼一個隊伍，就是想親自盡快抓到阿迪里，找到我的兒子，好將他解救出來。」說完這番話，郎世鵬又嘆了口氣，神情戚然，喝了口水。

田尋絕沒想到原來這趟新疆喀什之行，居然還有這麼個目的？他腦子思索了半天，總算理清了思路，說道：「真是這樣？」郎世鵬看著田尋：「你不相信我郎世鵬嗎？」

田尋想了想，又起疑問：「我相信你，怪不得你花費巨資，又找了這麼多專家

第三十七章　找兒子

來新疆。你知道你兒子現在的安全情況嗎？」郎世鵬道：「我明白你的意思，你是說他是死是活，說實話我也不知道，但只要有一線希望我就得去找，他是我的全部，只要他能活著，就算我耗盡所有資產，也在所不惜。」

田尋點點頭，又問：「可我既非專家學者，也沒什麼太突出的特長，我在這個隊伍裡能起多大的作用？」

郎世鵬邊走邊道：「說實話，我和你一見如故，脾氣相投，而且最主要的是你這個年輕人聰明好學、為人正直，從你身上，我似乎看到了我年輕時的影子，所以這趟新疆之行我非常希望你能參加。你也知道，最近新疆客機全滿，因此我們只得乘車去喀什，這一路上我們還可以研究古蹟、考察遺址，當然這新疆地形複雜，難免遇到困難和艱險，但有史林他們四個專業保鏢，我想咱們還是能夠安全到達喀什，順利找到阿迪里的，希望你能原諒我沒有向你透露實情。」

田尋輕嘆口氣：「如果真是這樣，那我也沒什麼可怪你的，我這個人也喜歡考古探險，只是沒有機會，這次能跟隊伍來新疆，雖然路上遇到回王陵、魔鬼城和高昌迷宮等危險，但總的來說還是很高興，只要我能幫上忙，肯定會為尋找阿迪里盡自己的一份薄力！」

郎世鵬非常感動，他握著田尋的手說：「太謝謝了，我真不知該怎麼說才好……唉，這個人情，以後我肯定會還的，現在就不多說什麼了！」田尋微微一笑，忽然又問：「既然是去找你的兒子，為什麼要讓林家媳婦杏麗來當領隊？」

郎世鵬笑了：「人家畢竟也資助了我好幾百萬，而且阿迪里在喀什某遺址處找到了大量值錢的文物，這些文物都落入了綁匪之手，所以林之揚出資給我，也是希望到時候能分得一部分追回的文物。」田尋疑惑地說：「找到的文物不應該上交國家嗎？」

「哈哈哈，田尋，你太天真了。」郎世鵬大笑，「如果上交國家，那我花費好多錢來喀什幹什麼？僅想找阿迪里的話，我只需沿高速公路到喀什，然後提供給當地警方我得知的線索就行了，可那樣的話文物就會被警方收回。再說得直白一點：我的目的除了找到兒子，還有那批文物。」

第三十八章　草兔

田尋這回徹底明白了，他搖了搖頭，不知道該說什麼，抬腕看看錶說：「時間差不多了，我們也該上車了吧？」

兩人回到車隊，大家上車繼續趕路，此時剛過正午，天氣又開始升溫，足有四十幾度，大家不得不再打開空調，可不到半個小時，車載溫度計顯示的車外溫度卻在一點一點下降，王植奇道：「現在應該是最熱的時候，怎麼外面還在降溫？難道要下雨？」

郎世鵬笑笑：「當然不是，是因為我們就快到博斯騰湖了。」宋越非常高興：「太好了，早就聽說博斯騰湖風景很美，可惜一直沒機會見到，這下可以好好欣賞一下了！」

田尋說：「有傳說唐僧西天取經時路過流沙河遇到沙和尚。說那流沙河就是博斯騰湖，不知道是否可信。」郎世鵬搖搖頭：「只是傳說而已，那流沙河就算確有其地，也不應該在新疆境內，最多是甘肅以東附近。」

前方的路面越來越不好走，到下午三點鐘才遙遙望見一泓碧藍的湖水橫臥天際，兩群白天鵝從湖邊飛過來，在天空中轉了幾個彎又遠遠飛走。車隊沿湖邊行進，不時可碰到自助旅遊和科學考察的車輛經過，郎世鵬不停用望遠鏡查看情況，生怕再遇到警方的巡邏車。其實附近有很多各界的來往車輛，警方不可能挨個去檢查，只因為車隊載了很多違禁物品，郎世鵬也是做賊心虛。

漸漸離湖邊越來越近了，放眼全是大片的蘆葦，不時有叫不上名字的飛禽由蘆葦叢中噗稜稜飛出，空氣中透著一股潮濕的氣息，令人心曠神怡，很是舒服。杏麗用望遠鏡觀賞著湖景，說：「真沒想到在新疆沙漠附近，居然還有這麼美麗的景色，太意外了！」

「這就是博斯騰湖的特點。」郎世鵬笑著說，「它被稱作沙漠中的世外桃源，可不是浪得虛名的，最有名的就是博斯騰烤魚，是用湖中一種叫赤鱸的特產烤製成的，味道非常地香，可惜我們這次有任務在身，不然我們可以去品嚐一次。」

杏麗放下望遠鏡嘆了口氣：「我可真倒霉，該享受的享受不到，不該碰到的事卻都讓我撞上了！」郎世鵬笑了：「別這麼沮喪好不好？機會有的是，等完成了這次任務，我們再專程來新疆旅遊一次！」杏麗道：「那說什麼我也不坐越野車了，我要乘飛機來！」

車隊繼續向西南進發，途中越過了大片連綿起伏的沙丘和山巒，晚上七點時才到達庫爾勒市南面的尉犁縣城。車隊在縣城中補充了燃料，在縣郊偏僻處找了家不起眼的小旅館住下。

第三十八章　草兔

次日起程，在郎世鵬的指引下，車隊先朝塔里木河方向行駛。中午時分到達一個名叫「哈達墩」的小村附近，這裡很荒涼，連手機都搜索不到任何信號，到處都是大片的鹽鹼地和乾枯的胡楊，大面積乾裂的地面活像烏龜殼上的花紋，在毒辣的太陽照射下，大地顯得毫無生氣，似乎已經習慣了長年缺水的惡化環境。

今天的氣溫似乎格外熱，恐怕要接近五十度的樣子，宋越怕熱，乾脆留在汽車裡待著。大家都熱得有點頭暈腦漲，田尋還出現了少許中暑症狀，王植調了半瓶淡鹽水給他服下，以調節體內的電解質平衡。

提拉潘抬手遮陽，喘著粗氣說：「中國的沙漠真熱，比我們泰國叢林還要熱上幾百倍。」郎世鵬說：「再往西不遠就到塔里木河了，那裡有一大片胡楊林保護區，面積足有幾十萬畝，比這裡好多了。」史林雖然練過寒暑功，可也滿頭是汗，他大口地喝著礦泉水：「幸好咱們車上有太陽能保濕箱，要是沒有涼水喝可真難受死了。」

剛說完，史林猛然側頭看去，似乎發現了什麼。王植笑著問：「怎麼，你又看到什麼值錢東西了？」史林警覺地說：「那邊的沙丘好像有什麼東西藏著，像是個人在縮頭縮腦地看。自打從昨天下午開始，俺就感到有人一直在跟蹤咱們車隊。」郎世鵬順他說的方向看去，見在一公里遠處有個大沙丘，他笑了：「你是不是幻覺？那麼遠的地方，我可看不見有什麼東西藏著，再說這附近極其荒涼，就算有人也都是乘車而來，有誰敢在這麼熱的季節徒步到這兒來？」

「那……可能是俺看錯了吧……」史林慢慢地說道，忽然他大聲道：「那邊確實有人！你們看！」大家都甩臉看去，只見在大約一公里遠的沙丘後面有個小小的黑影一閃而過，只是距離太遠看不真切。提拉潘舉起望遠鏡看去，說：「是有個人藏在沙丘後頭，有輛車，有輛車開出來了，往南面去了！」郎世鵬連忙搶過望遠鏡觀看，果然看到一輛沙色的小型越野吉普車由沙丘後頭開出，急匆匆地向南面沙漠駛去。

第三十八章　草兔

郎世鵬臉色大變，道：「大家快上車追，很可能跟阿迪里有關！」大家自打從敦煌出發，到現在頭一次找到有關阿迪里的線索，於是連忙用最快速度上了車，全速朝南面追去。

杏麗在車上問：「那輛車真與阿迪里有關？不會追錯了人吧？」郎世鵬道：「現在還不能完全肯定，但那個人一看到我們發現了他的蹤影，立刻就上車逃跑，肯定不是什麼善男信女就是了，先追上去仔細盤問明白再說！」

四輛豐田越野開足馬力急馳，前面那輛越野吉普顯然性能也不差，車速足有一百公里以上，而且駕車人技術高超，在高低不平的沙丘之間來回穿拐，毫不費力，車尾揚起一長串黃沙。

杏麗有點著急了：「前面那車開得很好，不知道我們能追上嗎？」

法瑞爾是首車司機，只見他面無表情，而手中的方向盤和雙腳卻毫不怠慢，到後來他居然單手握方向盤轉方向，右手則不停地來回換檔，汽車盡量尋找最平坦省力的路線穿梭行駛，雙腳則在油門、煞車和離合器之間來回點踩，其駕駛技術之精、姿勢之帥，把杏麗和郎世鵬都給看呆了。

就這樣足足追了一個多小時，越往南就越深入塔克拉瑪干沙漠，戈壁和鹽鹼地漸漸消失，剩下的全都是大片的沙漠。按常理說，駕車深入塔克拉瑪干沙漠腹地是相當冒險的，因為在這片中國最大的沙漠中，有很多區域長年都是無人區，而「塔克拉瑪干」一詞在維吾爾語中是「進得去出不來」的意思，誰也不知道在這裡會遇到什麼樣的危險，但雙方的車此刻都顧不上這些了，只管全力前進。

越野車在厚厚的沙漠裡沒法開得太快，有時還會陷進沙層中，法瑞爾憑藉高超的駕駛技術，專挑沙脊和迎風沙面行駛，而在沙漠中一眼望去沒有任何建築，那輛吉普車也就沒有機會借助掩體逃跑，車影始終出現在視野當中，再加上駕駛水平和法瑞爾相比還有差距，因此兩車距離逐漸縮短。

郎世鵬舉望遠鏡大聲道：「那輛車的速度變慢了，肯定是駕車人精神長時間高度緊張，已經出現了疲勞症狀。」杏麗不覺看了看法瑞爾，只見他臉上仍然沒啥表情，但雙眼炯炯有神、精力充沛，似乎一點也不累。杏麗心想：這法國人看來還真有點能耐，不知道在床上的表現是否也能像現在這麼生龍活虎的……

後面三輛車沒跟上法瑞爾的步伐，慢慢被甩開了距離，郎世鵬命令道：「姜虎、提拉潘，你們倆分別從左右包抄，史林盡量跟上我，大家都打起精神，千萬別讓那輛車給跑了！」

第三十八章　草兔

三輛車得到指示後同時改變陣形，分三路繼續前進。這時法瑞爾的車已經距前面吉普車不到一千米，杏麗掏出九二式手槍，將壓滿子彈的彈夾推上槍膛，按下右車窗玻璃準備開火。這時前面出現一大片開闊的平地，法瑞爾掛上五檔，把油門轟到最底，豐田車在此時顯示出了優勢，慢慢逼近前面的吉普車，杏麗有點等不及了，她右手持槍伸出頭去，瞄準那輛吉普連連扣動扳機。

吉普車身中了幾槍，為躲避子彈，開始左右以蛇形前進。但這種方法最大的弱點就是速度要減慢，於是法瑞爾趁此機會一鼓作氣直追後，吉普車見大事不好，一個急轉掉頭往回開，可後面還有史林的車立即迎頭衝上，吉普車又拐向左，提拉潘剛好趕到，四輛車就像一個口袋，慢慢收口將那吉普車裝到裡面。

就在這時，吉普車副駕駛座旁的車窗搖下，一個人探出頭來，手中持槍連連朝四輛車射擊，提拉潘是槍械專家，立刻聽出來：「是仿俄制AK47自動步槍的聲音，而且是塔吉克仿的！」宋越說：「在新疆用這種槍的人，不是偷獵者，就是文物販子！」

提拉潘舉起M4A3對郎世鵬說：「老闆，要活的，還是要死的？」郎世鵬連忙說：「要活的，千萬別打死了他！」話剛說完，提拉潘就已經開火了，幾個點射過後，那支AK47被打成了啞巴，姜虎又連開幾槍打中吉普車後輪胎，吉普車再也無力逃跑，勉強拐了幾個彎後慢慢停下。

郎世鵬命令提拉潘、史林和姜虎三人下車抓人，其他人留在車上。三人手持M4A3下了車，分頭慢慢由吉普車尾部向前包抄。

姜虎立著伸出右掌向前比了兩下，做出類似插刀的動作，示意三人慢慢前進，當來到右車門處，姜虎側身伸手去拉車門，忽然提拉潘右臂平舉，小臂豎起緊握拳頭，三人連忙站住，只聽車裡嗒嗒嗒傳出一陣槍響，車門被人從裡面打出一串彈孔，姜虎連忙躲閃，史林左臂平舉，手掌向後連擺示意大家退後，再伸出左手食指、中指，呈剪刀狀指著自己的雙眼，最後又向前伸指，同時兩指上下交替抖動。

這也是世界特種部隊的通用手勢，意思是你們注意掩護，我要悄悄摸上去。他貓著腰前進幾步，從腰間摘下一枚瓦斯彈拉開，等噴出白霧後從車窗扔進駕駛室裡，頓時駕駛室白煙瀰漫，隨著劇烈的咳嗽聲，左右車門同時打開，兩個人連滾帶爬地下了吉普車。

史林和姜虎大吼：「趴在地上，雙手抱著頭，敢動就開槍！」兩人徹底沒了反抗的意思，都乖乖地依言趴下。提拉潘掏出尼龍捆索將兩人雙手在身後捆牢，最後

第三十八章　草兔

把他們拽起來。

杏麗和郎世鵬下車來到這兩人面前，兩人均有濃密的黑髮，唇上留著八字小鬍，看樣子都是西亞人。杏麗笑著問：「你們是幹什麼的？」

其中一個瞧了瞧面前這些人，用生硬的漢語道：「我也想問呢，你們是誰？為什麼追我們？」姜虎把眼睛一瞪：「現在是我們在問你，最好放聰明點！」那人笑了笑：「我們是路過的，要到輪台縣去。」郎世鵬問：「那你跑什麼？」

那人哈哈大笑：「你們四輛車沒命地追過來，我們以為是強盜要搶東西，我們是正經人，當然要逃跑了！」史林罵道：「放屁！你們才是強盜，正經人怎麼還帶著槍？」那人眼皮一翻：「為了防身嘛，不行嗎？你們不也都帶著槍嗎？」

見這人十分狡猾，郎世鵬心想光靠問是不管用了。他略思索，慢慢走上前猛地擼起他的袖子，右臂上赫然有個雙彎刀形的紋身，兩把刀一紅一黑。

郎世鵬哈哈大笑：「你們還有何話說？快說，阿迪里在哪兒？」

這人身體猛一震，眼中流露出驚恐之色，下意識看了看另外那個同伴，那人使了個眼色，雙眼緊閉不說話，這人會意，對郎世鵬說：「我不認識什麼阿迪里，快放開我們！」

姜虎用手槍一頂他下巴：「識相點就快說，免得吃苦頭！」這人狠狠瞪了他一眼，說：「我知道你們漢人很壞，會很多害人的手段，可是我們不怕，萬能的真主遲早會降罪到你們這些可惡的漢人頭上！」姜虎大罵：「看來你是敬酒不吃吃罰酒！」抬起拳頭就要打。

這時，旁邊的史林伸手攔住：「先別，讓俺來試試！」說完伸出右手食指，戳在這人右肩頭的「肩井穴」上，運起氣功內勁。只見這人立刻連聲叫起來，身體連躲，姜虎和提拉潘牢牢扳住他，史林手上暗中加勁，這人就覺得身體裡好像有成千上萬隻小螞蟻在各處亂爬，奇癢無比，不由得連珠叫苦：「哎呀，放開我……放開我嘛，你們這群該死的……哎呀，癢死了，麻死了，你們開槍打死我嘛！」

郎世鵬心中暗喜，臉上卻不動聲色，說：「有的時候，想死也不是太容易的事情。與其硬撐著受苦，不如痛痛快快地招供出來吧！」這人倒也強硬，大聲道：「打死我也不會說的，你們這群……啊！真主救命！」渾身如同觸電似地亂顫亂抖，臉上汗珠比黃豆還大，雙眼上翻、張大嘴卻發不出聲來，看上去很是可怖。

旁邊那同夥看得心驚肉跳，牙齒直打顫。杏麗和郎世鵬對視一眼，心中也有點害怕。忽然那人連聲大叫：「放開我，我說，我說嘛！」杏麗連忙擺手，史林收住

第三十八章　草兔

內勁撤回手指。這人像斷了線的木偶似地癱倒在沙地上，此時是下午四點多鐘，雖然沒有中午時那麼熱，而在沙漠腹地氣溫仍然很高，這人再經一通折騰，渾身幾乎都被汗水給浸透了，好像剛從水缸裡打撈上來一樣。

郎世鵬道：「快把他扶起來餵點水，以免脫水休克！」姜虎和提拉潘抓起他，這人渾身癱軟如泥，連站立都費勁，幾口涼水灌下去，多少有點緩醒了，郎世鵬上前笑著問：「怎麼樣，朋友？要不要再玩玩？」這人連聲說不，有氣無力地說：「不要了不要了，你們這些該死的漢人！真主會降罪給你們的，會降罪的……」

杏麗笑了：「真主什麼時候降罪不用你來操心，我現在問你：阿迪里在什麼地方？」

第三十九章 神秘基地

這人翻翻眼皮，一副憤憤之色，郎世鵬假裝衝史林說：「陪他玩玩！」這人嚇得連忙擺手：「別別別，我說，我說……我真的不知道阿迪里在哪兒！」杏麗氣得大聲道：「再給他用刑！」史林跨上一大步，伸手指就要戳他肩膀，這人連忙大叫：「不要這樣嘛，是北山羊讓我來跟著你們的！」

「北山羊？」杏麗問，「什麼是北山羊？」

郎世鵬說：「是個著名的跨國文物走私販，綽號北山羊，本名阿布扎爾，新疆人，近幾年一直在新疆境內活動，看來這事和他有關。」杏麗又追問：「阿迪里和他有什麼關係？」這人喘著粗氣說：「我也不知道，說實話我不認識阿迪里，是北山羊派我來跟著你們，從經過博斯騰湖開始的。」

郎世鵬又問：「那北山羊又在哪兒？」這人搖搖頭：「我不知道，我只是他手下的一個小兵。」郎世鵬哼了聲：「別演戲了，什麼小兵？你身上的雙刀紋身就證明你至少是個頭目！河狸你應該認識吧？不照樣被我們抓到？我勸你還是放聰明點，快說出來吧！」

這人見對方將底摸得很清楚，無奈極了：「好吧，我的代號叫草兔，北山羊昨天晚上從庫爾勒去阿克蘇，聽說要到喀什去和阿迪里的人碰頭一塊做什麼大買賣，我知道的只有這些了。」郎世鵬說：「到阿克蘇怎麼碰頭？」

這人剛要說話，旁邊那同夥卻大聲喊：「你不能說！北山羊會殺了我們！」

這人苦笑兩聲：「我可不想再挨那個傢伙的手指頭，那簡直比死亡還難受。好吧好吧，我全都告訴你們：在新疆每個有清真寺的地方都有北山羊的人，如果你想在阿克蘇找到他，就到阿克蘇市阿依庫勒鎮的麥吾蘭清真寺禮拜堂的後牆畫上雙刀圖案，如果是喀什就在艾提尕爾清真寺禮拜殿最右下角的跪團旁，不用太長時間，就會有人向你展示右臂的雙刀紋身，那就是北山羊的人，然後你用雙臂在胸前交叉，就可以接上頭了。」

郎世鵬追問道：「如果阿迪里想要和北山羊見面的話，也是用這個方法嗎？」這人點點頭。

說完話，這人如釋重負地坐在地上垂下頭，只顧大口喘氣。杏麗看了看郎世鵬，郎世鵬點點頭，說：「我們應該怎麼處理這兩位朋友呢？」史林說：「把手腳

第三十九章　神秘基地

捆上打昏塞進車裡！」杏麗問：「就怕他們醒來之後會想辦法通風報信，人家提前有了防範。」

「那怎麼辦？殺了他們倆？」姜虎問。郎世鵬一擺手：「不行，我們不能隨便殺人，先塞進他們的車裡再說。」提拉潘揪著那人的脖領拎起來，卻發現這人毫無知覺、一動不動。伸手一摸脖頸處的動脈，驚道：「老闆，這人死了！」

郎世鵬一驚：「怎麼可能？」提拉潘捏起那人的頭，見那人口鼻流血，嘴角還殘留著一些白色粉末。姜虎說：「看他的衣領，衣領上面縫了東西，可能是劇毒氰化鉀！」

史林連忙查看另外那人，卻發現不知什麼時候，這人也咬破了領口的氰化鉀囊自殺身亡。郎世鵬說：「這幫人還真硬氣，居然自殺了！」提拉潘道：「肯定是他們的那個老闆北山羊心狠手辣，凡是背叛他的人，早晚都是個死，所以他們才這樣。」杏麗笑了：「這樣也好，免了我們的後患，那大家快上車出發吧！」

郎世鵬看看天色已經發黃，說：「是啊，我已經熱得快要迷糊了。」杏麗說：「已經快五點鐘了，我們還能趕到塔里木鄉嗎？」郎世鵬擦擦汗：「沒問題，這裡離塔里木鄉有兩百公里，天黑前可以趕到的。」

第三十九章　神秘基地

話音剛落，史林指著南面的天空叫道：「你們看，那邊是什麼東西？」同時留在車裡的人也都看到了，只見從西面不遠處的地平線上升起一個亮團，從目測來看，距離不會超過十公里，這個亮團非常地耀眼，簡直就像清晨的金星，提拉潘連忙舉起望遠鏡觀看，隱約可見這亮團略呈紡錘形，迅速升到空中後又以十分怪異的姿態改變了飛行方向，忽高忽低地飛了一會兒，最後直向西南天空飛去，逐漸消失在暮色中。

宋越在車裡脫口而出：「是飛碟，又是飛碟！」田尋撓撓腦袋：「真的假的，已經遇到兩次了，會不會是別的什麼東西？」宋越說：「什麼東西會有這樣的飛行姿態？至少目前地球上的飛行器都不可能！」

「那也許是空氣折射的幻象，或是信號彈一類的什麼？」田尋猜測道，宋越意猶未盡地盯著西方的天空說：「也許吧……但我還是願意相信那是飛碟。」

郎世鵬笑著說：「這次新疆之行還挺幸運，看到了兩次不明飛行物！」幾人都上了車，轉頭朝北面的塔里木鄉方向駛去。

田尋小聲地問宋越：「不知道有了什麼新線索？」宋越邊擦汗邊低聲說道：「看樣子好像有了眉目。」此時此是下午五點多，杏麗對郎世鵬說：「時間不早了，我們要在天黑之前盡量趕到塔里木鄉過夜。」郎世鵬點點頭，忽然想起剛才西方不遠處發現的那個亮團，心中十分好奇，便對杏麗說：「咱們先到西面看看吧，也好確認下剛才那東西是不是飛碟。」

「不是說好了別再節外生枝了嗎？」杏麗顯得很不高興，郎世鵬笑了：「我也知道現在不應該顧及其他，可是你不了解我們這些考古專家，對我們這種人來說，探險的過程是最快樂的，所以每次遇到有價值的遺跡或是什麼事情，就像磁石一樣吸引著我，再說剛才那地方也不太遠，我們只不過拐個彎過去看看，如果沒什麼東西就立刻回程，耽誤不了幾分鐘的。」

杏麗十分無奈，雖然心裡有氣，但畢竟郎世鵬是很有經驗的領隊，暫時還不想和他正面衝突，於是勉強點點頭，車隊偏向西面駛去。

宋越坐在車上，心情比誰都高興，他對天文學也很有研究，心中一百個想去探個究竟，他連忙舉起望遠鏡開始觀察，生怕遺漏了什麼東西。

車隊向西行駛了八、九公里左右，卻沒發現沙面上有任何人或建築物。杏麗

第三十九章　神秘基地

說：「你看，什麼都沒有吧？肯定是光線折射的幻覺，咱們快回去吧！」郎世鵬用望遠鏡邊觀測邊道：「再往前開五公里左右看看。」杏麗無奈，只得告訴法瑞爾繼續直線前進。

又走了三公里左右的樣子，杏麗忽然發覺汽車行駛的感覺有些不同，自從車隊由甘肅進入新疆境內，基本上百分之八十都是在沙漠中行駛，那種輪胎碾在軟軟沙地上的感覺已經很熟悉，而現在卻忽然覺得車輪似乎是在平坦堅硬的石板路上行駛，立刻能分辨出不同來。

與此同時，車內的螢光儀表盤忽閃忽閃地跳個沒完，法瑞爾擰了擰車鑰匙，對杏麗說了幾句話，杏麗道：「法瑞爾說汽車的電路出了問題，似乎有點接觸不良。」郎世鵬說：「怎麼可能？這可是輛嶄新的全天候越野車！」

正說著，汽車又陷進了沙地，回復了原先的感覺，顯然已經駛出了那片平坦區域，而儀表盤跟著又恢復正常。郎世鵬開口道：「我也感覺出來了，剛才經過的路面是實的，而且很平坦，好像腳下有什麼人工建築，我想咱們應該下車去看看。」杏麗不置可否，告訴法瑞爾停車，兩人走下車來，郎世鵬剛蹲下查看這裡的沙層，忽然杏麗大叫：「後面那兩輛車哪去了？」

這時田尋、宋越和姜虎也剛走下車，聽杏麗的尖叫連忙回頭看，赫然發現由羅斯・高和史林駕駛的兩輛豐田越野車居然沒跟上來！

郎世鵬立刻站起來問：「怎麼回事？他們把車開到哪兒去了？」田尋也是一頭霧水：「沒發現他們跟丟啊，兩分鐘之前我明明還從後視鏡看到他們的車一直緊緊跟著呢？」

宋越擦了擦汗說：「會不會是為了躲避沙坑，拐迷路了？」田尋說：「不可能！我敢肯定在兩分鐘之前他們還緊跟在後面，只兩分鐘的工夫他們不可能跑遠！」郎世鵬說：「沒錯，這沙漠一覽無遺，至少能看到十幾公里遠，兩分鐘的時間他們最多只能開出三公里！」

杏麗氣得大罵：「這群沒用的廢物！這時候怎麼還有心思把車開到別處去？快找回來！」

「會不會遇到流沙陷住了？」田尋有點緊張地說，郎世鵬也很害怕，立刻從車上取下GPS定位儀查看位置，這一看卻愣了：只見螢幕上清清楚楚地顯示著四個小紅點，分別標示著四輛汽車的位置，其中兩個紅點就在定位儀的綠點旁邊，顯然就是眼前這兩輛車，而另外兩個紅點居然就在偏東不到兩百米的位置上閃爍不停！

他抬頭朝來路看去，根本沒有兩車的影子，難道是幻覺？或是定位儀出了故障？他連忙朝東面跑去，很快，那兩個紅點和定位儀的中心點幾乎重合，郎世鵬下意識地低頭看了看腳下，如果定位儀沒有錯，那麼郎世鵬現在應該是踩在兩輛車的車頂。

其他人都跑過來問，郎世鵬說：「肯定是定位儀出故障了，上面顯示那兩車輛就在我的腳底下！」杏麗哭笑不得：「這怎麼可能呢？你不是說這定位儀是美國最新產品嗎？怎麼能說壞就壞呢？」郎世鵬臉色迷茫，百思不得其解。

田尋道：「快用無線對講機聯絡！」大家都戴上對講機打開電源，卻發現電源指示燈根本不亮，難道無線對講機也都壞掉了？這時郎世鵬手中的ＧＰＳ定位儀螢幕也開始出現雪花和條狀干擾紋。

這下大家都傻住了，杏麗有點慌了：「這到底是怎麼回事啊？」郎世鵬道：「定位儀和無線對講機不可能同時都失靈，肯定有什麼原因！」這時田尋迅速向西跑去，跑出一百多米時，對著郎世鵬大喊：「對講機電源又亮了！」郎世鵬會意，連忙也跑向西方，剛跑到田尋身邊時，手中的定位儀電源自動開啟，只是螢幕上還是充滿了條紋和雪花，什麼也看不清，而無線耳機也正常了，郎世鵬用耳機呼叫數遍，無人回應。

「這回明白了，剛才那片區域有電磁干擾！我們再跑回去試試！」兩人又跑回杏麗身邊，果然儀器又都失靈。郎世鵬說：「大家小心，這片區域有強烈的電磁干擾，大家快檢查一下地面，看有沒有什麼可疑之處！」

田尋、姜虎和郎世鵬立刻俯下身開始檢查地面，推開厚厚的、又十分燙手的沙層，沒發現有什麼異常，田尋乾脆跪在地上，左手緊握成拳，用力把胳膊像鑽井似地慢慢鑽進沙層之下，沙子很軟，剛沒到手肘處時，拳頭忽然觸到了什麼硬物，田尋費力地變拳為掌，仔細摸了摸，觸手感平坦光滑，並且十分燙熱，好像是金屬物的感覺。

「沙層底下有東西！」田尋大叫，姜虎和郎世鵬立刻跑過來，三個人奮力將半尺多厚的沙層推了個大坑，坑底居然露出一塊烏黑發亮的金屬板！

三人互相看了看，心中疑惑至極。杏麗連忙問：「這是什麼東西？」宋越說：「看上去似乎是金屬製成的。」五個人同時動手忙活移開沙層，露出一片約有八仙桌大小的區域。

只見這塊區域整個都是烏黑色的金屬板，上面還刻有很多規則的線條。郎世鵬

第三十九章　神秘基地

用手撫摸著金屬板，金屬板被沙層的熱量烘得很熱，他說：「似乎像是某種軍事建築，比如導彈發射井的上蓋。」宋越道：「難道這裡是個軍事基地？」

正說著，忽然田尋身上的手機鈴聲響起，他以為有人打電話，連忙掏出手機查看，卻見螢幕上寫著：『檢測到新的無線網絡訊號，是否連接？』

下面還有兩個選項，分別為「是」和「否」。田尋奇道：「這是怎麼回事？這裡根本沒有手機信號，怎麼可能出現無線訊號？」順手按下了「是」的選項。

手機螢幕上隨後出現一個進度條，顯示正在接收無線訊號，忽然間又閃出一行字：無線訊號強度超出手機頻率範圍，正在關機……

手機螢幕一片漆黑，再按開機鍵，手機卻說什麼也沒反應了，田尋以為是手機在電磁干擾下出了毛病，也沒在意，順手把電話揣進兜裡。

忽然，大家感覺腳下猛地一震，整個地面居然開始緩緩下落！姜虎立刻抓住田尋胳膊大叫：「大家快閃開！」五人連忙用最快的速度跑向汽車，剛跑出幾十步，腳下就正常了，田尋回頭一看，見沙地中出現了一個巨大的金屬圓盤，足有兩個籃球場大，此時正在毫無聲音地慢慢向下傾斜，金屬圓盤上的沙土紛紛滑落，露出一個黑洞洞的月牙形空間。

眾人慢慢停下腳步，駐足回頭觀看，就連平素極少活動的法瑞爾也下車走過來看，問杏麗發生了什麼事，杏麗搖搖頭，表示從沒見過。

宋越伸著脖子仔細看了半天，問：「這……這是什麼東西？」田尋道：「難道真是個軍事基地？」這時，無線對講耳機中傳來一陣雜亂的電流信號，郎世鵬拍拍無線耳機，卻又實在聽不清什麼聲音，他對田尋和姜虎說：「繞到正面去看看！」

三人遠遠繞到那個露出的月牙形空間正面，這空間裡面黑洞洞的，足有四米多高，大家覺得有點心虛，生怕有什麼祕密武器突然從裡面打出來。郎世鵬說：「我敢肯定車輛的消失必定跟這個東西有關！」

姜虎掏出支螢光棒弄亮，然後對準空間裡遠遠拋進去。螢光棒劃出一道微弱的光線，立刻隱沒在黑暗中，還是什麼也看不到，並且也沒有任何動靜。姜虎看了看郎世鵬：「老闆，怎麼辦？」郎世鵬想問問田尋的意思：「你看我們應該怎麼做？」

田尋想了想，說：「依我的主意，可以找根繩索繫在腰上，另一端固定在汽車尾部，然後繫到下面去探探路，如果有意外情況就立刻呼叫，外面的人發動汽車可以迅速將人拉回來。除了這個方法，我也想不出再好的了。」

郎世鵬考慮了下，道：「行，姜虎，現在只有你一個當兵的，就得靠你了！」姜虎心裡暗暗叫苦，心說田尋啊田尋，你昨晚是不是吃了冷飯，怎麼淨出這種餿主意呢？但受僱於人就得替人辦事，而且他來的目的就是保護別人，所以也只好硬著頭皮答應。

郎世鵬在車裡找出一根長長的細鋼索鉤在車後樑，另一端在姜虎腰間紮牢，郎世鵬則親自駕駛汽車，腳點油門、手握檔桿，頭伸出窗外查看情況，只要一有情況就立刻發動汽車。田尋和宋越分守金屬圓盤左右聽候消息，杳麗則遠遠站在車旁，心中又怕又怒，十分煩躁。

姜虎右手緊握手槍，左手持強光手電筒，慢慢下滑到巨大金屬圓盤露出的空間裡。姜虎心都提到嗓子眼了，握槍的手也很快沁出了汗，邊下滑邊在心裡大罵郎世鵬和田尋。順著斜坡戰戰兢兢地滑了幾十米遠，雙腳似乎觸到平地，舉手電筒四下一照，見這裡面是個寬敞的圓形建築，全部由烏黑色的金屬板建成，上面滿是各種座標似的線條，看上去像個地下軍事基地。正對面則是個極寬的通道，強光手電筒的光柱遠遠射向通道遠方，卻仍然看不到任何東西，也不知這通道究竟有多長，空氣冷颼颼的像開著空調。

姜虎沒敢走動，先前後左右用手電筒照了一大圈，除了正面那個寬敞的通道之外，沒有任何出口，或是什麼設施。周圍靜極了，掉一根針都能聽得極真切，好像這裡從來就沒有人的存在，姜虎慢慢向前探了幾步，無任何動靜，他咬了咬牙，緩緩走向對面的通道。

大約走了不到二十米左右，忽然手電筒光柱照到前方有個東西，姜虎立刻舉槍瞄準，同時閃身緊貼著通道右壁，這通道也不知是用何種金屬建的，冰冷的金屬板讓姜虎後背很難受，但他強忍著不敢動，怕驚動了前面的不速之客。

幾分鐘過去，那東西也靜止不動，姜虎壯著膽向前移動，慢慢接近前方那個未知物體。越是靠近，就越覺得眼熟，又走了十幾米，姜虎大驚：這不是車隊的豐田越野車嗎？他以為眼花了，揉揉眼睛再走近看看，果不其然，就是一輛淺灰色的豐田越野車。這輛車斜著靜靜停在通道中央，毫無動靜，似乎存在了幾百年之久，已經和這環境融為一體。

第四十章　蟲洞

姜虎也不害怕了，他走到汽車旁舉手電筒向車窗裡照去，赫然看到史林、大江和大海直挺挺地坐在車裡，眼睛直視前方卻一動不動，好像變成了三尊蠟像。姜虎嚇得倒退幾步，心怦怦狂跳不停，難道他們仨已經死了？怎麼死的？

他看看周圍並無動靜，大著膽子伸手拉開車門，輕聲喚道：「喂，史林，你怎麼了？」一連叫數聲，史林仍然沒有任何反應。姜虎急得伸手要抓他手臂，這時他發現史林雖然不動，但胸口卻在一起一伏，顯然是在呼吸，這就證明三人還活著。

姜虎把槍插在皮帶裡，伸手拍了拍他肩膀，說道：「嗨，醒醒！」史林仍沒反應，姜虎扳住他肩頭用力搖了搖：「史林，你到底怎麼了？」

突然史林「啊」地驚叫出來，把姜虎嚇得強光手電筒差點脫手，史林腦袋猛地轉過來，眼睛直瞪著姜虎大口喘氣卻不說話。姜虎哪見過這情況？早就沒了主心骨，他連忙跑回出口向上面大叫：「史林他們的車在裡面，你們快下來看看！」

田尋一直守在出口聽消息，連忙招呼郎世鵬下車，郎世鵬聽說史林他們都在這底下，簡直不敢相信，他們是什麼時候掉下去的？就算再快也得有個過程吧？他通知杏麗守好汽車，和田尋一起滑了下去。

三人來到汽車旁邊，郎世鵬和田尋也都嚇了一跳，郎世鵬伸手摸了摸史林的脈搏和心跳，雖然有點過速，但並無疾病，好像只是驚嚇過度。

郎世鵬學過心理學，知道這時候的人神經處於極度脆弱中，如果大聲呼喚或劇烈運動，有可能造成心智錯亂，因此他沒有去驚動史林，而是靠近他的臉輕輕說道：「史林，你醒過來了嗎？」連叫數聲，別說還真有效，只見史林閉上雙眼，又慢慢睜開，像剛從睡夢中醒來，田尋喜道：「醒了，醒了！」

只見史林眨巴眨巴眼睛，緩緩說道：「俺……俺回來了……」田尋道：「你說什麼呢？」郎世鵬連忙示意別說話，他靠近史林的臉，輕輕地問：「你從哪兒回來的？你看到什麼了？」

「俺從……從那裡飛回來……俺看到……看到很多顏色……的光帶……一閃一閃的，可好看了……」史林如夢囈般回答著。姜虎和田尋互相看看，不明白什麼意思，郎世鵬卻點點頭，又拉開右側車門和大江、大海哥倆談了幾句，叫醒了他們。最後對姜虎和田尋說：「你們倆快去找另外那輛車！」

姜虎取下身上的鋼索，兩人越過車尾繼續前進，不到十多米處又發現了羅斯・高他們的汽車，他和王植、提拉潘也都被施了定身法，呆坐在車裡。郎世鵬用同樣方法喚醒了三人，十幾分鐘過去，這幾位慢慢恢復了神智，郎世鵬問：「史林，你

第四十章　蟲洞

剛才遇到什麼東西了？」

史林一臉茫然，努力回憶了半天，說：「俺記得好像正開著車跟著前面羅斯．高的車後面，忽然有一道白光閃了下，周圍就全黑了，緊跟著五顏六色的光來回變幻，俺就飛進那些光裡了，然後那些光拉得很長很長，俺就像坐火車似的，在那光上面快速地滑行……最後就醒了，看到你們了。」

「怎麼會這樣？」田尋不解地問郎世鵬，郎世鵬說：「先別管這麼多，快把車開回地面上去！」田尋立刻上去告訴杏麗和法瑞爾將兩輛車都開過來，再找出兩根鋼索分別拴牢扔進洞裡，姜虎和郎世鵬則代替史林和羅斯．高去發動汽車，可電路卻說什麼也打不著火。

郎世鵬知道這地下建築有強大的電磁干擾，於是喊來田尋，三人將史林那輛車推到金屬圓盤的斜坡前，把兩根鋼索鉤在車的尾部，然後讓杏麗和法瑞爾同時加大油門拖車。外面沙層很厚，車輪摩擦力太小，很容易打滑，費了九牛二虎之力才將汽車拖上地面，最後再用同樣方法三輛拖一輛，終於將羅斯．高的車也拉上地面。郎世鵬向上傳話，告訴杏麗和法瑞爾把兩輛車拖得遠點，遠離這片區域以免再出意外。

田尋問史林他們幾個感覺怎麼樣，大家都說大腦神智清楚，就是有點昏昏沉沉，好像大夢剛醒。羅斯・高捧著頭說：「啊，該死……我的頭……疼死了，這是什麼鬼地方？我們又遇到了什麼？」大海罵道：「肯定是碰上鬼打牆了，要不怎麼颼地一下就掉到這兒來了？」

郎世鵬說：「不知道這裡是什麼地方，看上去像軍事基地，可又空無一人，真是奇怪！」提拉潘揉著太陽穴問：「既然有高強度的磁場，肯定是這裡藏著什麼巨大的儀器，會不會是核武器的發射基地？」

王植扶著姜虎的胳膊，有點站立不穩，他連連擺手說：「不……不可能，國家的核武器基地必定是戒備森嚴，根本不可能沒人把守。」

「那這裡究竟是哪裡，做什麼用途的？」姜虎問。田尋說道：「也許是某個非法組織修建的什麼實驗基地，專門用來搞破壞的？」郎世鵬贊成這個猜想：「很有可能！我們四處看看，也許能找到什麼東西！」大海卻不同意了：「老闆，我們來新疆是去喀什找……找你兒子的，又不是國家派我們來抓壞蛋的，管這閒事幹啥？」

郎世鵬道：「你懂什麼？我不是要替國家抓什麼壞蛋，而是要找到這股電磁干

第四十章　蟲洞

擾源在哪兒，最重要的是找出汽車瞬間消失移位的原因，如果不弄清楚，恐怕我們這一輩子到死的那天也會留下遺憾！」羅斯・高撇了撇嘴：「那是你的遺憾，對我來說，這些東西完全沒興趣，我現在只想上去休息一下，我的頭疼得快要炸開了！」

「那你隨便吧！」郎世鵬說道：「姜虎、田尋還有史林跟著我，其他人自行選擇去留。」王植假裝用手扶著腦門：「哎呀，我也渾身不舒服，羅斯・高等等我，咱們一起上去……」

提拉潘也想溜上去，卻被郎世鵬叫住：「你別走，留下跟著我們！」提拉潘心裡不太願意，但人家是老闆，也沒辦法。大江和大海本也想離開，姜虎笑著對他們說：「你們哥倆也跟著吧，如果找到什麼值錢的寶貝，肯定分你們一份！」

這句話算是點到了這兄弟倆的死穴上，他們平生只對「錢」字最為動心，大江連忙問道：「這裡也能有寶貝？」郎世鵬沒好氣地說：「肯定有，什麼值錢東西都有，找到了全歸你！」兄弟倆高興極了，比娶了媳婦還樂。羅斯・高把手槍遞給大江，和王植互相攙扶著爬上去了。

六人均握槍在手，剛要前進，卻看到宋越那肥胖笨拙的身軀也順著金屬圓盤滑下來，田尋問：「宋教授你下來幹什麼？」宋越說：「我也想看看這下面是什麼東西，很好奇。」郎世鵬道：「你真不應該下來。好了，就跟在後面走吧！」

大家舉強光手電筒順通道向前走去。姜虎摸了摸側壁的金屬板：「這到底是用什麼金屬製成的？好像不是鋼板，而且幾十米內沒有接口！」田尋用手彈彈，微微發出低沉的悶響，根本不像是金屬應該有的聲音，宋越說：「可能是最先進的合成金屬材料吧，比如：在高強度鋼板裡面加入了鈦和硅。」

大江敲著金屬板問：「這種金屬值錢嗎？」姜虎笑道：「你怎麼就認錢？就算值錢的話，總不能掰下一塊帶走吧？」大江嘟囔著說：「要是值錢那肯定要想辦法弄下一塊來。」忽然提拉潘低叫道：「小心，前面有東西！」

只見前面不遠處的兩側金屬壁板上，各有一塊白色光團在有規律地閃動著，好像是指示燈一類的東西。大家都抬起槍口，謹慎地慢慢接近。忽然，眾人都覺得前面似乎有一堵無形的牆在阻擋身體前進，開始姜虎還以為前面有風迎面吹來，可卻又絲毫感覺不到有空氣流動，那堵無形的牆好像會變形的棉花，手伸出去用力推，那阻力也變得韌性十足，將你的手掌彈回來。

「這是怎麼回事？被一道看不見的屏障給擋住了！」田尋說。宋越似乎很好奇，肥胖的大手在面前推來摸去：「好像是一種由特殊力量控制的強磁粒場，粒子和粒子之間可以分離開，但又能保持足夠的引力。」大海道：「說的是什麼，我一句也聽不懂。」

幾人連推帶拱，說什麼也無法前進半步，大海抬腿向前猛踢，反彈力險些將他彈倒，他頓時火往上撞，嘴裡罵道：「這地方還真他媽的邪門，看看怕不怕子彈！」說完舉槍就射。

郎世鵬大驚：「別開槍！」

但已經晚了，大海是個莽撞性格，容易被激怒，在槍口冒出火舌的時候就聽「噹」的一聲響，大海手槍猛地被什麼東西高速擊中，他拿捏不住，槍枝脫手飛出，大海握住右手仔細一看，原來虎口已經震裂。

提拉潘和姜虎同時臥倒，田尋和郎世鵬也嚇得左右躲開緊貼側壁。幾分鐘過去了，卻沒什麼動靜，提拉潘拾起大海掉落的手槍，只見槍管處被打了個小坑，同時又在牆角找到一顆變了形的子彈頭，他立刻看出這顆彈頭就是九二式手槍的五・五六口徑子彈。

提拉潘道：「大家不用緊張了，我們沒遭到攻擊，是大海自己打傷了自己。」

大海怒道：「你放屁！我又不是白癡，幹啥自己打自己？」提拉潘臉上現出不悅神色，把手槍和彈頭扔給他：「我看你就像個白癡！自己看吧，這顆子彈就是你這把槍射出來的，子彈遇到阻力被彈了回來，所以才打傷了你自己！」

「哦？是真的？」大海奇道，又說：「還有這麼奇怪的事？那我再開一槍試試！」說完還要比劃，郎世鵬劈手搶過他的手槍：「你別給我添亂了！現在就回地面上去！」大海臉皮甚厚，雖然心裡不高興，但為了不錯過發財機會，仍然笑嘻嘻地說：「別趕我走啊老闆，我什麼也不做，就在後面跟著總行了吧？」大江也假裝罵道：「你再搞事我就把你踢回去！」

郎世鵬拿他倆沒轍，卻又無法前進，這時田尋衣兜裡的手機又響了，他掏出來一看，手機居然自動開了機，而且螢幕上顯示：『檢測到新的無線網絡訊號，是否連接？』

田尋心中一驚：剛才就是因為按下了連接鍵，那金屬圓盤才自動開啟，難道……這其中有什麼聯繫不成？他大著膽子又按下「連接」選項。

緊接著螢幕又出現一行字：『正在連接無線訊號，請等待……』

田尋握著手機，心裡十分緊張。這時，前面亮起一道紅光，姜虎大叫：「那白

第四十章　蟲洞

燈變紅了，變紅了！」田尋低頭再看，手機螢幕又顯示著：『訊號強度超出手機頻率範圍，正在關機……』

隨後從手機尾部充電口逸出一股白煙，同時聞到焦味，手機居然燒壞了！

田尋大驚：「這……這是怎麼回事？」提拉潘又叫道：「你們看，那道屏障好像沒有了！」郎世鵬和姜虎伸手一摸，果然，那道無形的屏障似乎憑空失去了作用。大海嘿嘿笑了：「田尋，你這手機還挺厲害的啊，難道是間諜專用的？」田尋疑惑地搖搖頭，實在說不出個所以然來。

七人慢慢繼續前行，走了十來米遠，大海叫道：「你們看，那前面是什麼東西？」

手電筒照處，只見面前出現一座約四米寬的金屬橋，向橋下方看去，一片漆黑，也不知道底下有多深，橋盡頭大概二十多米遠處有個方形的金屬櫃，上面懸浮著一顆圓形晶體，晶體中五彩流光，發出非常炫目的美麗光環，這晶體上下微微浮動，好像具有某種魔力。

第四十一章　撿條命

大家都把手槍插在腰間，靜靜地注視著面前這顆漂亮無比的晶體球，宋越道：「這晶體真漂亮！」大江和大海高興極了：「還真有好寶貝，這肯定是鑽石、水晶，快把它取下來！」說完就朝那發光晶體跑去。田尋大叫：「快回來，小心有危險！」

此時這兄弟倆早就把一切都忘了，他們生性貪財，平生最感興趣的就是錢，或是能換錢的東西，前幾天在回王陵裡看到那麼多財寶卻絲毫未得，這一路上都感到非常難受，所以現在也完全沒把田尋的話往心裡去，逕直朝前方急跑。

忽然，眼前一道極強的光環閃過，大家只覺眼睛痠疼，連忙閉上眼睛。田尋勉強把眼睛睜開一道細縫，可強光立刻晃得他眼淚橫流，沒辦法又得緊閉，而強光透過眼皮仍然極亮，七個人疼得大叫，不得不扔掉手槍和手電筒，低下頭用雙手摀住眼睛。

過了幾分鐘，大家都感到有點呼吸不暢，田尋慢慢把雙手移開極小的縫隙，發現強光似乎已然消失，他謹慎地鬆開手掌，眼皮外面已經沒有光亮，他大著膽子眼睛睜開一條細縫朝腳下看去，視線中沒有看到地面，卻看到漆黑之中繁星點點，其中有一顆無比巨大的星球，外圍還帶著水星光環似的礫石帶，這星球緩緩轉動著，其表面的坑窪、環坑都看得清清楚楚。

田尋大驚，連忙挪開雙手，這時其他人也都睜開眼睛，面前的景象嚇得七人渾身發抖。

周圍根本沒有什麼金屬通道和發光晶體，而是身處在茫茫宇宙中，到處都是密布的繁星，一團巨大漩渦狀星系就橫在眼前，四隻旋臂發出絢麗的光彩正在緩慢自轉；另外還有數個大大小小的各種顏色的星體，再低頭一看，腳下同樣也是黑洞洞的太空，一顆碩大的紅褐色恆星正輻射出放射狀的光線，無數碎石正沿著光線被吸入。

大家頓時被嚇呆了，這是在什麼地方？姜虎帶著哭腔說：「我們這是踩在哪裡啊？我的媽呀！」奇怪的是，從自己嘴裡說出的話卻完全聽不到，只感到自身骨骼有聲帶振動的感覺。他嚇壞了，感到雙腿無力噗通癱軟在地上，七個人就好像懸浮於太空之中。

第四十一章　撿條命

宋越跪在地上，指著腳下那顆紅褐色星體大叫：「是黑洞，那是一個黑洞！」當然他也聽不到自己在說什麼。

忽然大海像殺豬似地叫起來：「啊，大石頭，砸過來了，全是大石頭！」他聽不到自己在說什麼，當然其他人更聽不到了。田尋無意中向左側看，頓時嚇得頭皮發麻：左側有一個離得極近的碩大星球，星球周圍滿是飛舞的巨石，各種形狀飛速向眾人襲來。姜虎和提拉潘舉槍就射，奇怪的是槍機擊發後，子彈卻毫無反應，兩人趕緊閉上眼睛，嘴裡大喊：「我的媽呀，我不想死啊！」但在別人眼裡他們卻也像兩個啞巴似的，光張嘴不說話。

郎世鵬和田尋坐在地上，全身都是冷汗，郎世鵬翻了個身，左手剛要拄地卻又縮回來，生怕這一下拄空了就會直掉下去。田尋緊閉了閉眼睛再睜開，景象依舊，他在心裡不停地對自己說：這是幻覺，全都是幻覺！

宋越最先清醒過來，他大叫道：「大家快轉回身，往回跑，快跑！」他又忘了這是徒勞的，根本沒人能聽見他在說什麼。

宋越雖然心裡這麼想，可身體卻好像不是自己的，渾身癱軟似泥、抖如篩糠，根本就動不了。郎世鵬拉著田尋的胳膊，顫顫巍巍打手勢，意思是說：「我們必須站起來，快……快站起來！」田尋使勁點頭，宋越對郎世鵬和田尋做了個閉眼睛的手勢，田尋頓時明白：他的意思是把眼睛閉上，就當什麼也沒看見，就當成是幻覺！

三人都閉上眼睛，互相扶著勉強站起，憑記憶按走來的方向轉身就跑，大家盡量沿直線前進，雖然不知道周圍為何變成這樣，但都敢肯定如果跑出之前看到的金屬橋的寬度範圍，肯定凶多吉少。

就這樣，三人像瞎子摸象似地跑了幾十步，似乎沒掉到什麼地方去，田尋偷偷把眼睛睜開一道縫，卻看到了地面上烏黑冰涼的金屬板。他連忙抬頭四顧，果然又回到通道中。三人大喜，忙回頭看另外四位，卻見他們四個仍然跌坐在地，好像癡呆一樣。

宋越喘著粗氣說：「這……這是一個空間蟲洞！」這次他就很清楚地聽到自己嘴裡發出的聲音，田尋忙問：「什麼是蟲洞？」

「蟲洞是時空跳躍的中轉站，快讓他們回來，千萬別走出橋面寬度外的範圍去！」宋越說道。

田尋立刻大叫：「姜虎，你們快閉上眼睛，往我這裡跑，快！」可姜虎好像根

第四十一章　撿條命

本沒聽見，田尋心裡著急，他把心一橫，又跑向姜虎。

郎世鵬大叫：「快回來，你找死嗎？」田尋剛跑出十米，腳下又變成了漆黑的太空，那些巨大的星球就在身邊轉動著，他嚇得心臟都快跳出嗓子眼，飛奔到姜虎身邊大喊：「快跟我走！」說完硬拖著他就往回跑。

提拉潘雖然也被嚇得半死，但他畢竟在德國受過專業訓練，比姜虎能力要強得多，見田尋和姜虎逃走，連忙站起來跟上，後面的大江和大海就不行了，兩人早被嚇得小便失禁，跪在地上戰戰兢兢地發抖。

三人一齊跑回通道後，宋越朝大海他們喊道：「大江、大海，在這邊，快回來！」田尋說：「喊沒有用，他們根本就聽不到！」郎世鵬對姜虎說：「去把他們抓回來！」可姜虎早躲到一邊，說什麼也不敢上，田尋本想再上，可他和這哥倆沒啥交情，對這兩個只認錢的粗人也無好感，頓時感到救他們是件很難的事。

就在這時，卻見大海瞪大眼睛，驚恐地看著左側大叫，不知道在說什麼，宋越顫聲道：「他看到什麼了？」

原來大海看到從左側那巨大無比的星球飛出無數巨石，其中一顆岩石越來越大，最後幾乎充滿了整個視線，岩石變成一座大山似地直壓過來，他和大江兩人神

第四十一章　撿條命

經幾近崩潰，狂叫著轉身就跑，剛跑出五、六步，就覺得腳下踩空，兩人如同被一隻巨大的吸盤給吸走似的，急速朝腳下那顆褐紅色星球墜去。那顆星球正放出無數條拋物線狀的輻射帶，大江、大海的身體以每秒鐘幾十萬公里的速度被吸向輻射帶，常人哪能受得住如此高的壓力？轉眼間，他倆的身體就給高壓撕得粉碎，變成了一長串眼睛看不到的亞空間粒子，連頭髮也沒剩一根。

五人在後面看得清清楚楚，見兩人在橫著跑，就知道有危險，宋越叫聲還沒出口，他們的身體已經從橋上掉落，瞬間就不見了。

提拉潘聲音顫抖地說：「他們到哪裡去了？」田尋道：「可能是……可能是掉進太空裡去了吧！」宋越說：「他們……他們跑出了金屬橋的寬度之外，被黑洞給吸走了！」

忽然，從身後遠處傳來呼叫聲：「快回來，金屬圓盤就要合上了！」

幾人臉色大變，連忙往回跑。蹬蹬蹬腳步飛快，只恨爹娘少生了兩條腿，等跑出通道時，已經可以看到金屬圓盤正在緩緩合攏，圓盤的邊緣已經離開地面有近一米高，並且還在不斷升高，外面的亮光也變得越來越小。

五個人幾乎用百米衝刺的速度縱身躍上圓盤，這時羅斯・高、杏麗和法瑞爾都等在外面，伸手接應眾人。姜虎和提拉潘雙臂運勁一撐，身體魚躍跳上圓盤回到地面，然後回頭又將田尋拉上來。這圓盤又滑又平，郎世鵬和宋越沒有姜虎和提拉潘那樣的好身手，兩人都用雙手把在圓盤邊緣上，說什麼也爬不上來。

此時，已竄上地面的提拉潘和姜虎望著圓盤漸漸收攏，姜虎雖然害怕，卻仍然回頭去拉宋越，大叫一聲：「給我過來！」宋越那二百餘斤的身體頓時被姜虎直拽上地面。

就剩下郎世鵬了，他滿頭是汗，驚恐地大叫：「快抓我上去，快！」這時圓盤和地表只有不到半米的距離，再有兩、三秒鐘，郎世鵬就得被巨大的金屬圓盤活活夾斷，提拉潘和姜虎兩人再不遲疑，合力抓住郎世鵬雙手共用死力，將他直拖上來。

身後傳來低沉的聲音，金屬圓盤與外殼平整對接，渾然一體，陣陣大風吹過，沙土不斷地掩蓋在金屬圓盤上。

田尋坐在地上不停地喘氣，郎世鵬和宋越則渾身發抖，似乎還沒緩過來，王植連忙給他倆灌了幾口礦泉水，這才慢慢好轉。

杏麗等人一起問發生了什麼事？怎麼沒見大江、大海出來，郎世鵬卻根本說不

第四十一章　撿條命

出話，田尋連忙道：「大家先別問了，快上車繞過這片區域離開這裡，快快！」他們雖不知道出了什麼事，但看到田尋堅定地下命令，也都自覺聽令行動，立刻扶著郎世鵬分別上車，繞了個大半圈遠遠駛離。

車隊向北全速行駛，這時已經是傍晚六點多鐘，天色漸漸昏黃，杏麗心中焦急，她可不希望在沙漠中再次露營，上次那些會給人打麻醉針的蜘蛛令她想起來就不寒而慄，她對郎世鵬道：「我們能趕到塔里木鄉嗎？天都快黑了！」

郎世鵬心神未定，只閉著眼睛靠在車窗上，也不回答她的話，杏麗煩亂地催問：「你倒是說話啊？我可不想在沙漠裡露營了！」

「妳讓我安靜一會兒！」郎世鵬突然大吼起來：「別吵了！」

杏麗嚇了一跳，她萬沒想到郎世鵬居然敢對自己發這麼大的火，她也發怒了，大叫道：「怎麼是我吵？之前我已經說過了不能再節外生枝，而你非要去那邊看，現在可好，又死人又耽誤時間，這一路上你從來就沒聽過我的建議，完全都是你自己在獨斷專行！」

郎世鵬雙手按著頭、緊閉雙眼，可眼前卻又浮現出剛才那可怕的茫茫太空，那些碩大無朋的恐怖星球……他連忙睜開眼睛，連連大口深呼吸。

杏麗又要說什麼，可一想到剛才他也差點被夾死，於是強壓住怒火不再說話，把臉轉向車窗外，咬著嘴唇直運氣。經過這麼一吵，郎世鵬倒感覺清醒了很多，他喝了幾口水，用顫抖的手擰上瓶蓋說：「對不起杏麗，剛才我有點太激動了，我……」

「別說了，我理解你的心情，但我不想在沙漠裡露營。」

郎世鵬看了看錶，說：「很遺憾，今晚我們還是得在沙漠裡露營，這裡是沙漠腹地，我們只要挑一個遠離胡楊和紅柳的地方，就不會被昆蟲騷擾。」

杏麗立刻表示反對：「不行，我可不想睡醒之後，發現自己身上缺胳膊少腿！」郎世鵬說：「別擔心，那種蜘蛛只在哈密和吐魯番地區才有，其他地方是不能存活的。」

「那為什麼？」

「這種現象還沒有合理的解釋，也許和經度差，或者是盆地有關係吧！」杏麗稍微放了點心，但還有些害怕。郎世鵬說：「現在我們盡量朝阿克蘇方向開，直到看不清路為止，這樣我們明天就能提早趕到阿克蘇，今晚我要想個計劃，明天應該如何對付北山羊。」

杏麗連連點頭，她知道這個隊伍名義上由她領隊，實際上只有郎世鵬才是真正的老大，一切規劃都在他的掌握之中。

第四十一章　撿條命

七點半左右，暮色沉沉，車隊在一大片乾枯的胡楊樹附近停下，砍了不少枯枝裝在史林的車裡，因為大江和大海都死了，車上有空位，大家塞了滿滿一車乾柴，再尋了塊平坦的沙地停下準備露營。沙漠的氣候還真多變，這時又是冷颼颼的，大家照例在地上挖了四個淺坑，架上胡楊枝燃起火堆來。

提拉潘在火堆上架起鍋灶開始做香腸燴牛肉，姜虎和田尋則在旁邊煮速食麵，大家圍坐在火堆旁，回想著剛才的情景，心有餘悸。杏麗忍不住問：「你們在那地下建築裡究竟遇到了什麼，嚇成那副德性？」

郎世鵬白了她一眼：「別說那麼難聽好嗎？那不叫嚇，叫恐懼。」杏麗噗哧笑出聲來：「還不是一樣？」田尋便把剛才在地下基地遭遇到的事情給大家講了一遍，眾人聽得毛骨悚然，王植聽得入神，問道：「你說在腳下看到有個巨大的紅褐色的星球，而且還向外發射拋物線形狀的線條？」田尋取出多用途刀，在沙地上畫了個簡圖給大伙看。

宋越一直坐在地上緊閉雙眼，忽然他喃喃地道：「難道是黑洞？」

姜虎問：「什麼是黑洞？那星球是紅色的，不是黑的。」宋越搖搖頭，喝了口水說：「不不不，不可能是黑洞，真正的黑洞會吸收一切物質，包括光線，因而它也是不可見的，只能由其他星體的形態來推測其存在，所以我們也不可能看到它。」

提拉潘攪著牛肉說：「那個基地究竟是誰建的？為什麼會突然跑到……跑到那種可怕的地方來？」他一想起下午遇到的茫茫宇宙，不由得心生莫名的恐懼。

宋越忽然睜開眼睛：「那不是黑洞，肯定是一顆紅矮星！」

田尋問：「什麼意思？」宋越不直接回答，卻說：「我有個大膽的猜想。」

大家連忙追問：「快說說！」

宋越說：「那不是黑洞，是蟲洞！」姜虎問：「什麼叫蟲洞？有蟲子的洞嗎？」

第四十一章　撿條命

宋越說：「不是，蟲洞是連接遠距離空間的中轉站，英文叫Wormhole，當年是愛因斯坦首先提出的設想。大意是說，原本在宇宙中從一個地方到極遠的另一個地方，即使以光速飛行也要成千上萬，甚至幾百萬年，而蟲洞則可以將極遠距離的兩個太空中的點拉得無限近，可以說在蟲洞中經過的時間為零，一瞬間就能從地球到達另一個遠不可及的地方。」

第四十二章 北山羊

大家面面相覷，都聽不懂他說的是什麼，只有郎世鵬和田尋略有耳聞。

田尋問：「這個蟲洞我似乎在書上看過，說是可以把空間像紙一樣地摺起來，這樣紙兩端的兩個點就能重合在一塊。」宋越說：「對，就是這個意思！這個蟲洞是某種高智能生物在地球上建造的，也就是說，它是飛碟由地球到太空的時空中轉站。」

「什麼？飛……飛碟由地球到太空的中轉站？」大家都不敢相信這個匪夷所思的設想，而宋越卻很鎮靜，他繼續道：「我們先前也都看到了，發現了一個亮團從地表飛到空中，最後消失，然後我們就在那附近發現了巨大的金屬圓盤，那圓盤和地下建築自然不可能是天然形成，所以只能解釋為是外星人建造的一個蟲洞中轉站。」

田尋問：「就不會是地球人造的嗎？」

宋越笑了：「蟲洞這種現象目前遠遠超出人類的智慧範圍，我們也僅僅是從理論上發現了它，卻根本無法真正觀察到，就更不用說利用、或是製造了。」

姜虎又問：「那外星人建它幹什麼用？」宋越想了想說：「也許是外星人到地球旅遊、或是進行什麼考察。」

郎世鵬點點頭：「要這麼說，那一切電子儀器全部失靈，而且我們的車突然消失，又在基地中找到，這些也就有了合理的解釋。」

宋越贊同道：「是的，太空中沒有空氣，又充滿了大量的輻射能和電磁能，這些能量由通道中向外逸出，造成儀器失靈也很正常；而這個蟲洞是轉換時空的工具，因此我們的車隊剛從那金屬圓盤方向駛過時，無意中被蟲洞那巨大的能量所俘虜，就在一瞬間轉換到了基地中。」

郎世鵬喝了口水，對王植說：「你們簡直太幸運了，把你們拽到地下的，只是蟲洞那巨大能量無意中所逸出的幾百億分之一，假如能量再稍大一點，也許你們就會直接被吸進太空，瞬間被那顆紅矮星撕成上千億個顯微鏡也看不到的粒子。」

羅斯・高和王植他們面面相覷，都感到無比的後怕。

吃過飯後，郎世鵬吩咐大家早點休息，攢足精神明天盡快到達阿克蘇市，就要與敵人正面對抗了。大家趕了這麼多天路，終於要開始辦正事了，多少都有點緊張。

弄滅火堆後鋪上沙層，在旁邊升起兩堆篝火，然後支起帳篷準備睡覺。

因為少了大江兄弟倆，帳篷裡的空間更寬敞了。杏麗和法瑞爾都獨占一頂帳篷，其他人或兩、或三地睡下。田尋在帳篷裡躺著發了一會兒呆，覺得有點睡意，伸手剛要拉帳篷拉鏈，無意中看到天空中滿目繁星，十分漂亮，不由得注視起來。

這星空充滿了他的視野，滿眼都是忽明忽暗的星體，田尋猛地想起在地下基地中遇到的時空蟲洞，似乎那顆碩大無朋的星球又在身邊出現，嚇得他立刻閉上眼睛，這一閉眼不要緊，就覺得身體似乎飄飄忽忽地飛上了宇宙，被那紅矮星直吸過去，嚇得他大聲呼叫。

旁邊的宋越連忙問：「怎麼了？出什麼事了？」田尋渾身顫抖、好像中了邪似地不能自已，宋越十分聰明，立刻猜到他是看到了夜空的星星，對星空產生了恐懼感，連忙伸手去推他，同時拽過一張薄毯蓋在他身上，使他的身體感覺到有物體存在，以消除懸空於太空的幻覺。

第四十二章　北山羊

果然這招管用，田尋雙手緊緊抓住薄毯蒙住腦袋，轉身朝下瑟瑟發抖，王植支起身問道：「怎麼了，他生病了？」宋越說：「沒有！他得了太空臆想症！」伸手用力扯掉田尋身上的毯子，扳起他身體大聲說：「睜眼睛，把眼睛睜開！」

田尋慢慢睜眼，看到眼前的物體之後，一切症狀立刻都消失了。他滿頭是汗，抬頭看了看宋越和王植，王植遞上一條手帕：「什麼太空臆想症？」

宋越扶田尋躺下，告訴他先別睡著，對王植說：「這種病只有乘飛船上過太空的人才會患，當年美、俄等國派遣宇航員飛離地球到太空中，歸國之後，其中幾名有過太空行走經歷的宇航員得了一種很奇怪的病，就是夜晚看到星空時，會立刻幻想自己突然身在太空中，並且無任何防護措施。得這種病的原因是：當人類身處茫茫太空中，會感到自身的渺小和太空的無限大，從而有一種強烈的恐懼感。」

「還有這種病？」王植奇道，「那……那這病怎麼治呢？以後會好轉嗎？」

宋越遞給田尋半瓶礦泉水：「有過這種病症的宇航員從此再不進行太空任務，時間一長就淡淡忘掉了，也不會有什麼後遺症，不用擔心。」

田尋顫抖著用手擰開瓶蓋喝了幾口，自我安慰道：「這……這還好，要不可真倒霉，以後夏天晚上都不敢出去抓魚了！」宋越和王植聽了哈哈大笑。

宋越從背包裡拿出一個小型收音機，打開電源在中波頻率調了個電台，剛巧正播京劇《空城計》，宋越把收音機放在枕頭旁，邊聽邊小聲跟著唱：「先帝爺下南陽御駕三請，算就了漢家的業鼎足三分……官封到武鄉侯執掌帥印，東西戰南北剿博古通今……」

田尋問：「這空城計是楊寶森唱的吧？」宋越奇道：「怎麼，你這樣的年輕人也聽京劇？」田尋笑了：「京劇我倒不是經常聽，但我家人愛看，我在旁邊看得多了，多少也了解點。」

宋越又來了精神：「那還不錯，現在年輕人除了吃喝玩樂，什麼都沒興趣。這楊寶森的嗓兒是低沉不快，但穩重蒼勁，聽起來韻味更足，就像一罈二十幾年的紹興花雕，酒色微黃，剛開始喝下去可能口感有點發苦、不爽不甜，但越品卻越覺得餘味綿長，會覺得這才是真正的酒。」

「看來宋教授愛好很多啊，愛聽京劇，還喜歡喝酒。」田尋笑道，宋越嘆了口氣：「自從我被考古管理局開除之後，天天閒著沒事幹，在家裡除了聽京劇，就是喝悶酒，唉！有時會覺得自己一肚子知識，卻報效無門，還沒老就變成了廢物，心裡頭不好受啊！」

田尋知道宋越這人心善性直，是個典型的學究人物，哪裡懂得官場上那些規矩和竅門？於是勸道：「宋教授，可別這麼想，像你這麼有學問的人要是廢物，那我豈不是更沒用了。官場和做學問歷來就是相反的，在官場吃得開的人基本都沒什麼墨水，你也別太在意了。」王植也附和道：「就是就是，想開就好了，真正做學問的人永遠是在基層的。」

宋越連連嘆息，也不說話。

在楊寶森的唱腔聲中，三人漸漸睡去。

第四十二章　北山羊

次日上午十一點多，阿依庫勒鎮郊麥吾蘭清真寺。

這個清真寺已有六百餘年歷史，由禮拜寺、講經堂、宣禮塔和麥吾蘭陵墓組成。禮拜寺後牆處，有兩個身穿白袍的西亞人坐在一塊大岩石上，手拿羊皮水袋正在邊喝水、邊休息，此時天氣炎熱，又是吃飯的點兒，因此附近行人稀少，很是清靜。

這時，又有兩個身穿淺灰色長袍、頭戴多帕方帽的人從街西面慢慢走了過來，兩人邊走邊談笑，似乎是打這兒路過。經過後牆時無意中向牆角瞥了一眼，看到右牆角下用粉筆畫著一個雙刀圖案，兩人頓時俱是一驚，連忙四下環顧，看到大岩石上坐著一高一矮兩個白袍男人。

其中一個臉上有刀疤的灰袍人慢慢走到牆角，蹲下假裝繫鞋帶，順手將牆上的雙刀圖案塗掉，然後起身走到那高個白袍男人身邊，伸出右臂去撓腦袋，剛巧露出右前臂的一個雙刀紋身圖案。這白袍男人立刻雙臂交叉抱在胸前，兩名灰袍人臉色大變，互相對視一眼，而對面那白袍男人眼睛看著對方，只微笑卻不說話。

那刀疤臉沉不住氣了，用維吾爾語問道：「你是什麼人？」

對面那穿白袍的人笑了笑，也用維語答道：「你又是什麼人？」

刀疤臉道：「哦，看來我認錯人了，不好意思，再見。」說完回頭就走。

「等等，你是沙狐，還是盤羊？」白袍人道。

這刀疤臉立刻轉身，驚愕地說：「我是沙狐！你是誰，怎麼認識我？」那白袍人笑著說：「我是從喀什來的，要找你們的老闆北山羊，他在哪兒？」

沙狐道：「你們來得太巧了，我們老闆剛到，就在附近，派我們先過來看看情況，結果就碰上你們了，要知道最近中國政府查得嚴，我們要多加幾倍小心。」

第四十二章　北山羊

白袍人說：「對對對，那我們快去見北山羊吧，明天晚上之前，我們必須回到喀什去見阿迪里！」沙狐點點頭，看到他身邊的那小個白袍人，問道：「這位是誰？」白袍人說：「哦，這是我弟弟，是個啞巴，但人很精明。」沙狐疑惑地說：「看上去有點不像塔吉克人，好了，我們先走吧！」四人一同向清真寺北側走去。

沙狐帶著兩名白袍人拐過幾條街，十分鐘後來到了一座三層白色伊斯蘭風格小樓前。沙狐對白袍人說：「老闆就在頂樓，你們兩個上去找他吧！」白袍人道：「怎麼不一塊上去？」沙狐笑了：「我要在這裡把守，如果有什麼意外情況，也好通知你們。」

白袍人知道這沙狐十分狡猾，語帶雙關，在把守的同時也堵住出路。兩名白袍人毫不猶豫地進門上樓。沙狐立刻掏出手機接通：「老闆，阿迪里的人來了。」說完就掛斷。

兩名白袍人順樓梯上到三層，剛拐過去就看到兩個灰袍西亞人迎上來，用不太標準的維吾爾語說道：「是阿迪里的人嗎？請進吧！」

一間十分簡陋的小屋，屋裡靠牆放著一只鐵櫃子，陽光從窗外灑在一張破木桌上，桌前坐著個約五十歲左右的強壯中年男人，這人光頭闊臉，下巴蓄著長鬚，兩眼放出陰險的賊光，一看就是個心狠手辣之輩。

這人大熱天卻穿著條灰布長褲，褲角掖在高腰皮靴裡，穿著長袖花格襯衫，右手夾著雪茄，手裡擺弄著打火機。抬眼皮看了看進來的兩人，又把眼皮放下了，連動都沒動一下，彷彿進來的不是兩個人，而是兩隻老鼠之類的東西。他身後站著兩名保鏢，都不動聲色地看著來客。

兩白袍人也不客氣，直接在桌邊坐下，破椅子發出嘎吱吱的聲音，好像隨時會被坐塌。那兩名保鏢似乎有意無意地在屋裡散步，慢慢踱到兩白袍人身後堵住出口。

那高個白袍人道：「北山羊，阿迪里讓我來接你，一起去喀什和他碰頭。」

這人抽了口雪茄，忽然用力一拍桌子，眼睛中精光大盛：「我是北山羊？你怎麼知道我就是北山羊？北山羊還沒來呢！你究竟是不是阿迪里派來的？快說！」

兩白袍人神色大變，那高個白袍人立刻又恢復了臉色，他笑道：「北山羊，你就別詐我們了，這種方法只能嚇唬小魚小蝦，下次最好換點更管用的。」

第四十二章　北山羊

這人聽了一愣，隨即哈哈大笑，從桌上的木製煙盒裡抽出兩根雪茄扔給兩人：「哈哈哈，我這也是以防萬一，聽說阿迪里那小子的行蹤已經被人盯上了，所以我不得不防範。」高個白袍人拿起雪茄，掏出ZIPPO打火機燃著吸了幾口，看著吐出的青煙說：「這是上好的哈瓦那進口雪茄，你還真會享受。」

北山羊嘿嘿笑了：「有錢不享受，難道要帶進棺材裡嗎？你叫什麼名字？聽你的維吾爾語講得很好，你也是塔吉克人嗎？」高個白袍人說：「我叫賽爾姆巴克，是維吾爾族人。」北山羊哦了聲：「怪不得，那這位是……」賽爾姆巴克說：「他叫卡里姆巴克，我的親弟弟，是個啞巴。」北山羊問：「我上次說的價錢，阿迪里同意了嗎？」

賽爾姆巴克道：「阿迪里說雖然不算太高，但也是所有出價者中最高的了，所以他還是決定賣給你。」北山羊哈哈大笑：「我相信沒有人敢跟北山羊比價錢，他在喀什什麼地方，好大的架子，還要讓我去喀什找他！」

賽爾姆巴克說：「他在喀什一個很祕密的地方躲著，最近很多人在注意他，風聲很緊，所以他不敢隨意露面。」北山羊笑著點頭：「我知道他在三仙洞，開個玩笑嘛！」說完，他從桌上拿起一部手機，隨意按了幾個按鈕，眼角微微抽搐了一下，笑著對賽爾姆巴克說：「真不好意思，我要的禮物你們二位帶來了嗎？」

這話說得賽爾姆巴克一愣，他笑道：「什麼禮物？」北山羊眼睛盯著他，慢慢地道：「你身上不是帶著跟蹤竊聽器嗎？快拿出來吧！」說完將手機螢幕轉向對面，賽爾姆巴克見彩色螢幕上顯示著：『發射信號強度622MHz，距離2M。』

賽爾姆巴克臉上神色一變，隨即又笑著問：「這是什麼東西？我看不懂。」北山羊仰天狂笑：「你小子的定力倒真不錯，只可惜用錯了地方！」也不知他發了什麼暗號，賽爾姆巴克身後那兩名北山羊的保鏢同時掏出手槍，黑洞洞的槍口分別指著兩人。賽爾姆巴克大驚：「北山羊，你這是什麼意思？」

北山羊從後腰抽出一把九二式手槍，拿起桌上的彈夾裝進槍裡，咔嚓拉上槍膛，又取出一支短型消音器，慢慢擰上槍管，笑著問：「說吧，臨死之前還有什麼話想講。」

賽爾姆巴克臉上見了汗，仍然勉強鎮定著說：「北山羊，你如果不想和阿迪里做生意就直說，也不用這麼做吧？」

北山羊冷笑幾聲：「數月前，我的手下河狸被人抓到，現在也不知死活，然後就有人冒充河狸去喀什見阿迪里，結果還算那傢伙長點腦子，識破詭計後殺了假河狸，現在你又來冒充阿迪里的人騙我？我北山羊出來三十幾年不是白吃飯的。我讓你死個明白吧：阿迪里親口告訴過我，自從假河狸事件以後，他再也不用塔吉克族以外的人做心腹！」

第四十二章　北山羊

第四十三章　艾提尕爾清真寺

賽爾姆巴克有點坐不住了，額頭冷汗直冒，還在跟北山羊強對付。這時他身邊那啞巴忽然對北山羊亂比劃起來，口中啊啊啊地也不知在說些什麼。北山羊眉頭一皺：「快節省點力氣吧，別要花樣了！」那啞巴也不管，又向賽爾姆巴克比劃，臉上表情憤怒，似乎相當不滿意。

還沒等賽爾姆巴克回過神來，那啞巴又開始大力推搡他，賽爾姆巴克也生氣了，直罵：「你要幹什麼？」啞巴用力將賽爾姆巴克推倒在地，指著他不住地啊啊啊大罵，北山羊也有點蒙了，剛要張嘴說話，就見那啞巴突然身體向下一滑、雙腳後蹬，雙手閃電般地由下至上捏住那兩名保鏢持槍的手腕。

這動作快如脫兔，兩名保鏢眼前一花，雙手已經被人捏住，他倆「啊」地驚叫，精神緊張，下意識扣動了扳機，砰砰兩槍打在北山羊身邊的破牆上，北山羊嚇得一縮頭，啞巴飛起右腳把破桌子踢向北山羊的腦袋，北山羊抬右臂格擋，破桌子裂成了幾半。

啞巴動作毫不停頓，雙手如鋼鉗似地將那兩保鏢的手腕用力向下猛拗，咔嚓兩聲，兩保鏢腕骨立時被折斷，手槍也掉在地上，兩保鏢大聲慘叫，緊接著啞巴力振雙臂，將他們從頭頂直慣出去，和北山羊摔成一團。

啞巴站起身從白袍內抽出擰著消音器的手槍，北山羊畢竟也是身經百戰，他見那啞巴閃電般的動作，就知道自己肯定不是人家對手，右手從縫隙中伸出「嗒嗒嗒」一連開幾槍，啞巴連忙躲閃，北山羊立刻竄到鐵櫃子後面，嘩嘩地將鐵櫃子順地面猛推向啞巴，同時抽身奪門下樓而逃，啞巴飛腿將鐵櫃子踢倒，抬手「嗒嗒」兩槍把那兩保鏢打死，然後叫道：「快追！」隨後下樓追去。

那兩名保鏢胸口中槍，臨死時的幾秒鐘腦子裡還在疑惑：啞巴怎麼突然會說話了？

北山羊連滾帶爬跑到樓下叫道：「那兩人是假的，快給我宰了他們！」到外面左右一看卻沒人把守，北山羊頓時傻了，腳下不敢遲疑，連忙向南面的一大片密林瘋狂奔去。他沒有掩護，跑得緊張，身體也不平衡，還吃力的一頭鑽進密林裡左拐右彎跑了半天，估計應該甩掉追兵了，回頭蹲下身子，從樹幹間的縫隙遠遠觀望，沒見有人追來，這才長出了口氣。

轉回頭剛要跑，卻發現不知何時面前站了個人，這人身體強壯，穿著短袖衫和運動長褲，兩手背在身後笑吟吟地看著北山羊。北山羊知道這位肯定不是過路的，也不問話抬槍就射，而這人動作更快，還沒看清他怎麼抬手開槍，嗒的槍響之後，北山羊手槍落在地上，捧著右腕連聲叫喚，鮮血滴滴往下直淌。

北山羊立刻低頭用左手撿槍，又一槍響過，左腕也挨了子彈，這回他徹底成了半殘廢，再也不能反抗。

後面那兩名白袍人也跟到樹林裡，穿短袖衫那人笑著對二人說：「怎麼樣，我老姜的槍法還可以吧？說打手腕，就絕不打手掌。」後面那矮個的「啞巴」嘿嘿一笑：「槍法還算可以，但和我提拉潘相比，也許還是有差距的。」

那穿短袖衫的正是姜虎，而兩位白袍客就是郎世鵬和提拉潘，郎世鵬左右看看無人注意，問：「史林哪兒去了？」姜虎撿起北山羊的手槍，卸下彈夾收在腰間：「他打昏了那個叫什麼沙狐的兩個傢伙，藏在一樓那個破屋裡了。」正說著史林跑過來了，對大伙說：「俺那活幹得還算漂亮吧？每人一掌，保證十二小時內醒不過來。」提拉潘哼了聲：「我的表現也不錯，一個人對付三個，幾秒鐘解決。」

郎世鵬看著跪在地上的北山羊，嘆了口氣道：「你們幹得都不錯，可惜就我自

第四十三章　艾提尕爾清真寺

已表演失敗，讓這個狡猾的北山羊看出了破綻！」北山羊回頭看著郎世鵬，喘著氣用生硬漢語道：「你這個混蛋，想把我怎麼樣？」郎世鵬一使眼色，提拉潘拽起北山羊，撕下他衣袖就要往嘴裡塞，史林一攔：「不用，讓我來！」伸指在北山羊後腦窩的「啞巴穴」一點，北山羊頓覺喉嚨發緊，說不出話來了，史林和姜虎隨後把他架出樹林。

這時一輛淺灰色豐田越野車從對面街角拐過來，郎世鵬拉開車門，姜虎、史林將北山羊塞進車裡，大家上車後告訴開車的田尋：「回旅館去，快！」

在車上田尋問道：「這人是誰？」郎世鵬說：「他就是北山羊，跨國文物販子，就是他綁架了我兒子，事情還算順利，我們把他給抓到了。」田尋也很高興：「你們可真厲害，旗開得勝啊！」郎世鵬悄悄和眾人使了個眼色，大家心照不宣，都跟著隨聲附和來騙田尋。

十分鐘後，汽車開到阿依庫勒鎮東面一家很偏僻的旅館門前，北山羊被拎下車，他剛要掙扎，卻感覺後腰被人戳了一下，登時半身痠軟、手腳麻木，就像患了腦血栓沒痊癒。史林和姜虎放心地架著北山羊走進旅館，誰也沒看出他是被綁架來的。

大家圍著北山羊上到旅館三樓，整個三樓層都被杏麗給包下，所以並無外人，這時杏麗從一個房間出來，攏了攏滿頭散亂的秀髮，問道：「這麼快就回來了？成功了嗎？」郎世鵬做了個V形手勢，說：「成功了，進屋再說。他們都在嗎？」

杏麗遲疑了下，說：「王植去外面買東西，他們也都跟著散心去了，說是在屋裡困著沒意思。只有法瑞爾在房間裡睡覺，沒想到你們這麼快就能回來。」郎世鵬有點不高興：「這節骨眼上怎麼還四處亂跑？快打電話叫回來！」杏麗回自己房間打電話去了。

郎世鵬告訴田尋把守樓門，不許任何生人打擾，其他人進屋關上房門，先簡單給北山羊包紮了下傷口，再將他捆在椅子上，隨後郎世鵬開始詢問關於阿迪里的事。可這個北山羊十分嘴硬，半個字也不肯多說，郎世鵬對史林道：「看來還得你用絕活了，把你對付草兔的方法再使上一遍吧！」

北山羊叫道：「你們抓到草兔了？他們現在在哪裡？」提拉潘冷笑著：「他們在一個很遠的地方等你，等你去解救他倆呢！」北山羊未解其意，只大罵：「你們

第四十三章　艾提尕爾清真寺

這群混蛋，殺了我的手下河狸，現在又抓草兔，你們……」

史林跨步上前暗運內力點在他右肩「肩井穴」上，北山羊頓覺渾身難受無比，張嘴大叫，姜虎馬上搗住他的嘴，北山羊身體強壯，用力扭動身體，弄得椅子咯咯作響，腦門上汗滴像洗了桑拿。

史林撤掉內勁，問道：「你快說！」北山羊大罵：「你們這群該死的人，都應該下地獄裡去！」史林氣得再加勁，北山羊體如篩糠直抖，想大叫卻又被姜虎捂著嘴，這可比當時的草兔還要難受。

郎世鵬一擺手叫停，問道：「北山羊，你無非是想買阿迪里手上的東西，而這個東西是他從我們手裡偷去的，原並不屬於他，你只需告訴我們阿迪里在喀什的什麼地方，如何找到，我們就立刻放了你，這裡原本也沒你什麼事，沒必要死撐著吧？」

北山羊嘿嘿一笑：「你說得太有道理了，可惜我北山羊不是白叫的，沒人能強迫我做任何事情，除非你們先放我走，否則別想從我身上知道半點消息！」

郎世鵬有點不耐煩了，他擔心阿迪里的黨羽來到麥吾蘭清真寺卻找不到接頭者，時間長了事情有變，於是告訴史林：「給我狠狠地折磨，直到他說為止！」

史林再催內力，北山羊簡直像在十八層地獄裡受刑，他把頭一擰，張嘴狠狠咬在姜虎捂他嘴的手掌上，姜虎疼得大叫，抬手就是一拳，北山羊卻死不鬆口，姜虎怕手指被他咬掉，左拳用力搗在他側臉上，北山羊身體一栽歪，狠狠瞪著姜虎，眼眶好像都要裂開似的，身體卻不再動了，嘴也漸漸鬆開。

姜虎抽出右手，兩根手指已被咬得鮮血淋漓，郎世鵬暗叫不妙！他推了推北山羊，北山羊的眼睛仍舊圓瞪著，可身體癱軟如泥，提拉潘用手指搭在他頸動脈上一探，驚道：「不好，他死了！」

郎世鵬大怒：「你怎麼把他打死了？」姜虎又急又屈：「我……他死咬我的手指不放，我怕手指給咬斷了……也沒怎麼用力呀！」史林說：「這北山羊也太強硬了，俺這招點穴法普通人根本受不了，如果一味硬挺，身體經脈就會嚴重受損，心臟泵血量急劇增加，這時再受到外力打擊，是很容易猝死的。」

這時屋門推開，王植、宋越等人回來了，郎世鵬正在氣頭上：「誰讓你們都出去亂跑的？」

王植手裡拎著一個大塑料袋，疑惑道：「我不是去買應用之物了嗎？」郎世鵬一指羅斯・高和宋越他們：「我是說他們！」王植道：「哦，他們是閒著無聊，說跟著我四處走走。」郎世鵬一拍桌子：「下次不准再私自行動！」大家連聲答應，心說這姓郎的吃炸藥了嗎？王植看到被捆在椅子上的北山羊，驚道：「這就是北山羊嗎？怎麼……昏過去了？」

「昏過去就好了！」郎世鵬十分沮喪：「剛才正在逼供，這傢伙太硬氣，一不小心給打死了。」王植嘬了嘬牙花：「哎呀，怎麼搞的嘛！看來只好按Ｂ計劃行事了，唉！」說完，走到北山羊跟前仔細看了看，又瞅瞅郎世鵬的臉，說：「老闆，你還別說，這人無論是臉形、身高和體格都和你差不多，只是要委屈你的頭髮了！」

郎世鵬站起來問：「這麼說，就只有那樣辦了？」王植笑著點點頭，對提拉潘說：「怎麼樣，我化妝的水平還不錯吧？」姜虎道：「相當不錯！剛才在樹林裡我幾乎沒認出來，太神了，這回就更要靠你了！」提拉潘用雙手在額頭摳著自己的頭皮，說：「這東西太悶了，很難受。」

王植連忙說：「別別，你不會弄，讓我來，這東西很容易撕壞的，到時候還得再費力氣做……」

下午三點鐘，新疆喀什市艾提尕爾廣場。

此時天色晴朗，微有幾條淡淡的雲朵在天空懸著，廣場上遊人如織，三三兩兩地或逛街、或拍照。廣場地面全由平整的淺青色石磚鋪就，北側一條街上都是專門販賣各種新疆特產的店鋪，兩名身穿白袍的高大男人正在店鋪前邊走邊看。

這些店鋪貨品琳琅滿目，應有盡有，全都是新疆當地最有名的東西，如：熱瓦甫琴、艾得來斯紮染綢布、維族繡花小方帽、和田波斯地毯和新疆短刀。

那新疆短刀造型小巧精美，鹿角製成的刀柄，外包牛皮刀鞘，兩個白袍人都喜歡刀具，於是便拿起一柄把玩起來。店主是個六十來歲的維吾爾老漢，精神矍鑠、滿面紅光，下巴微有白鬚，頭戴白色布帽，他見來了客人，連忙從裡屋操起一根粗如拇指的鋼條快步走出來。

兩人嚇了一跳，還以為這老漢要光天化日之下打劫，卻見老漢隨手拿起一把伊犁短刀，抽刀出鞘，然後在那根鋼條上用力刮削，就像銑床銑鋼料似的，但見鋼屑隨刀刃嗤嗤捲起。老漢連刮了幾下，再將刀調轉過來遞給兩人，說了句維語，其中一人接過仔細看了看，刃口居然絲毫不崩不捲，兩人大驚：「這刀還真鋒利，多少錢一把？」

第四十三章　艾提尕爾清真寺

老漢見兩人說漢語，多少感到有點奇怪，怎麼看長相打扮是維吾爾人模樣，卻操著一口純正的漢語？但他也沒多想，用生硬的漢語回答：「真正的沙木薩克刀，很便宜的，五百塊錢一把嘛！」兩人差點蹦起來：「什麼小破刀就要五百塊錢一把？」扔下刀扭頭就走，那老漢在後面揚起雙手大聲道：「可以便宜算的，回來嘛，兩百塊錢怎麼樣？」兩人似乎壓根就沒有買的意思，又走到一家食品店舖駐足觀看，那老漢一擺手，嘴裡嘟囔著維語進屋去了。

那食品鋪子前搭了個攤，上面擺得滿滿當當，都是些天山雪蓮、冬蟲夏草、鹿茸片、精河枸杞子、吐魯番葡萄乾、無花果和杏包仁之類的。兩人隨便買了兩包無花果，邊吃邊向廣場西側的艾提尕爾大清真寺走去。

穿過廣場西北角，就看到大清真寺北側的八洞連體雕花門牆，上部全是酒紅色雕刻葡萄紋，門洞用白石膏勾縫，下面立著九根黃色柱子。兩人穿過門牆由正門進入清真寺內。伊斯蘭教的清真寺原本不允許非穆斯林隨意進入，就算是穆斯林也分什葉和遜尼兩派，要是進錯了後果相當嚴重，搞不好還會掉腦袋。現今，隨著社會的發展進步，非穆斯林也可以進入清真寺遊覽和了解伊斯蘭教義，但要嚴格遵守教派禮節，不能瞎跑亂喊，否則就是對伊斯蘭教的最大藐視。

今天並非星期五，因此清真寺內人影不多，但兩人身穿維吾爾族服飾，倒也無人注意。兩人順台階走上門廳進入大門，巨大的圓頂拱拜映入眼簾，拱拜北面有個通道，地面都是光可鑑人的水磨石，走過教經堂從木柵欄門穿出，高大的宣禮塔分立左右，前面就是禮拜殿。

兩人進了禮拜殿，裡面立著十八根黑底描金漆團紋立柱，地上擺得整整齊齊的白色跪團，只有在主麻日（禮拜五）才有大量的穆斯林到來，因此今天做禮拜的人不多，但真正的穆斯林有五時拜功之說，意即每天要靜拜阿拉五次，現在是三點多鐘，剛好是晡禮開始之時，所以禮拜殿裡還是跪著幾百人，殿前播放著由大阿訇錄製的唱經錄音。

兩白袍人徑直走到殿最右下角的跪團旁邊，跪下開始誦《可蘭經》。那右下角上已經跪著一個人，這人身穿黑色長袖襯衫，雙手交叉於胸前，口中默唸經文，時跪時起、狀極虔誠。旁邊那高個白袍人瞥眼看了看他，也雙手交叉於胸，右袖落下剛好露出右臂上的一個雙刀紋身。

第四十四章　三仙洞

旁邊那人原本在默唸經文，一掃眼看到左邊那人右臂的紋身，頓時身體一震，眼睛直視對方雙目。那白袍人似笑非笑地看著對方，黑襯衫左右看看，慢慢擼下右袖，右臂上也畫著雙刀圖案。

兩白袍人隨即站起身，轉頭朝外就走。旁邊有人還在納悶：這兩人怎麼這麼快就做完晡禮了？

那黑襯衫也慢慢站起來，靜靜地跟在白袍人身後走出禮拜殿。出殿後兩白袍人站住不動，而那黑襯衫則掠過兩人，逕自向南側外殿走去，兩白袍人不離不棄地在後面跟著。黑襯衫從外殿的一扇對開小門走進後院，院內空空蕩蕩，半個人影也沒有，只有西、北兩個小門，西門通向寺外，而北門是專門運送屍體的，且只在週五主麻日才開，那黑襯衫卻直向北門走去，推門進入。

兩白袍人對視一眼，稍微遲疑了下也跟著進去。

北門外是一條狹窄偏僻的石鋪通道，牆外大樹密枝麻葉，遠遠地不知通向何處。兩人剛彎腰進了北門，就見那黑襯衫手持消音手槍頂在高大白袍人胸口。

白袍人微微一笑，用低沉沙啞的維吾爾語說道：「阿迪里就是這樣迎接貴客嗎？」

那黑襯衫面無表情：「你是誰，為什麼一直跟著我？」

白袍人笑著說：「我早忘記了自己的名字，但別人都叫我盤羊。」

黑襯衫神色大驚，隨即又露出笑容：「你是盤羊，太好了！北山羊也到了嗎？」盤羊說：「這裡說話方便嗎？」黑襯衫點點頭：「放心吧，這裡平時是運屍體的，不會有人打擾。」盤羊皺了皺眉：「那也太晦氣了點。說正事吧：我們老闆已到喀什，先讓我來探探消息，阿迪里在哪裡？怎麼見面？」

黑襯衫說：「阿迪里一直在三仙洞等著北山羊呢，今晚十二點鐘你讓北山羊到三仙洞的中洞來，那裡有個石床，在石床上用石塊敲三長三短，反覆兩次，就能見到他了。」

盤羊笑了：「他躲得倒清靜，為什麼不出來見面，太麻煩了！」

黑襯衫一本正經地說：「最近中國警方正在嚴抓文物走私，而且好多人也都盯上了他，阿迪里根本不敢露面出來，還是北山羊來一趟吧！」盤羊看了看錶：「那好吧，我這就回去報告老闆。」黑襯衫指著那條偏僻小道說：「你順小道走，在岔道口往左就能出去，另外告訴北山羊：他最多只能帶一個人來。」說完自己鑽進北門走了。

兩白袍人互相看了看，臉上露出笑容，順小道離去。

第四十四章　三仙洞

晚上十二點整，喀什北十公里恰克馬克河南岸。

深夜的喀什河岸邊很有涼意，慘白的月亮掛在半空，照得河兩岸發出清冷冷的光，岸邊都是碎石沙土，兩側立著高約三十多米的岩石峭壁，在黑沉沉的夜色中顯得高大又陰沉。四下裡靜悄悄的，半個人影也沒有。忽見一輛豐田越野車由東面順河岸慢慢駛來，開到峭壁邊停住，從車上走下三個全身黑衣的人，三人踩著岸邊的碎石來到一處地方站下，同時舉起強光手電筒向頭頂的峭壁上照去。

只見峭壁上並排開鑿有三個方形洞窟，離地面足有二十多米高，洞窟就像三個大嘴，在月光照耀下更顯怪異。下面的黑衣人正在納悶如何登上去時，忽然中間那個洞口似乎有影子晃動，然後又軟軟地扔下一根繩梯來。

三黑衣人其中之一來到繩梯下，伸手拽拽看是否結實，然後蹬上繩梯抓牢，剛要奮力向上爬，那繩梯卻自動向上升起來，離地越來越高，黑衣人緊緊抓住繩梯，生怕一不小心掉下去。不多時就升到了洞口，從洞裡伸出兩隻手把黑衣人拉了上來。

黑衣人站穩後想往前邁幾步，好離洞口遠一點，可面前有兩人堵得嚴嚴實實，黑衣人回頭看了看背後就是二十多米的落差，腳下有點發軟，用維吾爾語道：「你們這是幹什麼？想把我給擠下去嗎？」

對面有人也用維語說：「你的老闆在哪兒？」

黑衣人說：「他在下面，我們來了三個人，老闆要最後一個上來。」

對面那人笑了：「不愧是北山羊，真夠狡猾的，好了，你先在這兒等著，我再拉你的同伴上來。」說完側身讓出一個過道，黑衣人走進幾步等候。兩人又用同樣方法將剩下的兩黑衣人縋上。最後上來的黑衣人身材高大，光頭方臉，下巴留著幾綹山羊鬍。

對面那人笑著道：「一看就知道你就是北山羊！」

北山羊頗有不悅之色：「少廢話，快帶我去見阿迪里，這是什麼鬼地方！」兩

第四十四章　三仙洞

人聽這人口氣甚大，更不敢怠慢，五人一起往洞裡走去。洞裡很黑，只在牆角放置一盞馬燈，鑽進一個小門來到裡洞，這裡也有一盞馬燈，另外依稀可見一張石床擺在地上。

那人對北山羊說：「你的手下盤羊今天下午已經和我碰過頭了，現在他沒有來，但想必他應該告訴了你找到阿迪里的方法，請吧？」

北山羊哈哈大笑：「阿迪里比我還要狡猾，到現在還在懷疑！」說完上前來到石床邊，從地上撿起一塊石頭在石床上當當敲了三長三短，接著又重複一次。

北山羊將石塊扔在地上，拍了拍手上的灰。忽然聽得石床內似乎有動靜，隨即響起低沉的岩石移動聲，那石床居然向側面滑開，露出一道向下的石階。

五人先後沿台階走下去，拐了個彎後是個小石室，推開牆上一扇木門，裡面豁然開朗，燈光明亮，牆角放著幾盞由微型發電機供電的照明燈，牆邊立著個兩米多高的石佛龕，離牆約有半米距離，裡面掛著一張繪有麥加朝聖圖的彩色布畫。佛龕邊的牆上釘著一排釘子，掛著幾把AK47自動步槍，旁邊擺著張方桌，桌後面一字排開坐著四個人，全都是高鼻深目，身穿深色長袍，腰帶上都別著手槍，桌對面另有幾把椅子。

桌邊一人用塔吉克語問了句話，那兩個手下也用塔吉克語回答，隨後退出石室，關上木門。

發話那人指著桌對面的椅子示意來客請坐，又倒了三杯奶茶。北山羊用維吾爾語問道：「哪個是阿迪里？」

其中一個較年輕的人用不太純正的維吾爾語說：「我就是阿迪里，很高興終於見到北山羊，這兩位是誰？」北山羊道：「這是我的兩個得力手下：鼯鼠和石貂。也與你同在。」兩人稍稍躬身道：「阿薩拉姆依利庫姆（主與你同在）。」阿迪里也躬身道：「依薩拉姆。」隨後對北山羊說：「你這兩位手下看眼神似乎有點緊張，而臉上卻沒有表情，看來是你平時訓練有素了。」

北山羊打了個哈哈，說：「阿迪里，你的維吾爾語說得不太好啊！」

阿迪里道：「漢語我也會說，但我討厭漢人，所以平時很少講漢語。」北山羊用左腳勾過一把椅子把雙腿搭在上面，伸手向懷內掏去。對面四人的右手不約而同地摸向腰間，只見北山羊掏出一個小木盒打開，拿出一支雪茄菸用打火機點著，吐了個煙圈問：「你們也來一根試試？很棒的雪茄。」

阿迪里笑了：「都說北山羊最喜歡正宗的古巴雪茄，看來真是沒錯，只是我信

第四十四章　三仙洞

仰阿拉，不會吸菸。」

「怎麼？你這是在說我了。」北山羊眉毛一揚，「我這個人沒有信仰，除了錢以外。好了，廢話少說，我想先看看東西在哪兒，值不值得我付出的錢。」

阿迪里道：「你的錢又在哪兒？好像沒帶上來。」北山羊笑了：「我的車停在外面河岸邊，錢就在車裡。你以為我會傻到帶錢上來？」阿迪里低笑幾聲：「他們漢人有句話，叫不見兔子不撒鷹，看來你也是。」向旁邊那人一使眼色，那人站起來走出木門離開。

北山羊心中納悶：那木門通向小石室，剛才似乎沒看到那小石室另有門窗，難道阿迪里把這麼重要的文物藏在外頭，而不是深處？於是笑著說：「你不是把東西放在洞外，掛在石壁上了吧，哈哈哈！」阿迪里笑著卻不答話。幾分鐘之後那人回來了，手裡捧著一個手柄很長的金屬軸筒放在桌上，自己退後幾步，遠遠站在北山羊等三人的背後。

阿迪里問他：「外面沒什麼動靜吧？」那人答道：「沒事，他們倆就靠在洞口兩邊守著。」

北山羊拿起軸筒，見是用鋼製成，做工精巧，一端有帶螺紋的金屬圓蓋，他擰開蓋子一倒，先從裡面掉出幾粒樟腦丸，再用力控幾下，一張色澤微黃的布帛卷軸從金屬軸裡掉下。北山羊輕輕捧起布帛卷軸，慢慢平鋪在桌上，雙手按著布帛兩側仔細端詳上面的圖案，不時還揚揚眉毛、撇撇嘴。

看著北山羊的面部表情，阿迪里和另外兩人眉頭微皺、嘴唇緊閉，顯然心中也很緊張。北山羊看了足有十幾分鐘，抬起頭說：「看來今天是白費力氣了，老鼠和貂，咱們回家吧！」說完站起身就要走。站在北山羊身後的人一聽此話，下意識右手摸槍，跨上一步。阿迪里急忙問：「北山羊，你這話是什麼意思？」

北山羊哈哈大笑：「就這個東西，就要我付出五百萬美元？真是天大的笑話！」阿迪里霍地站起來：「這價格是你自己出的，怎麼又反悔了？」北山羊把眼一瞪：「那時候我沒有看到東西，阿迪里，這東西對我來說就是天上的月亮，能看見卻抓不到手裡，再說得清楚點，這東西在我看就是一張廢紙。」

阿迪里臉上漲紅，情緒有點激動：「北山羊，這張圖可是我冒了生命危險，從西安大收藏家林之揚的老宅中弄出來的，為此我還殺了三個人，我冒這麼大風險，肯定不會只拿到一張廢紙。我希望你好好考慮一下！」

北山羊搖搖頭：「不用了，這東西我興趣不大，或者等我考慮一下，過些天再給你消息。」說完轉身就走。

阿迪里臉上罩了層殺氣，衝對面的人一揚眉毛，那人拔出手槍對準三人。北山羊連忙站住：「阿迪里，你想幹什麼？」左右的麝鼠和石貂伸手入懷，阿迪里旁邊那兩人迅速從牆上摘下兩把AK47步槍對準他們。

阿迪里臉上帶著虛偽的笑，說道：「北山羊，為了你出的價錢，耽誤了我和不少其他買家合作的機會，所以今天你最好還是付錢成交，要不然，我可沒辦法向我這麼多兄弟交代呀，他們還等著錢和我去沙烏地阿拉伯享福呢！」

「這算是威脅了？」北山羊慢慢吸了口雪茄，似乎毫不害怕，阿迪里說：「就算是吧，但你放心，只要你付錢，我就不會殺你們，因為我知道在西亞你有很多手下，我也不想得罪你，快去告訴你的人把錢送上來！」北山羊見形勢不利，只好說：「好吧，我去告訴我的人，把裝錢的箱子縋上來！」

阿迪里人先繳了三人懷裡的手槍，逼著石貂出門去取錢，派一人隨他去，自己和餘下的兩人看著北山羊和麝鼠。北山羊仍然抽著雪茄：「阿迪里，這個世界上敢威脅我北山羊的人都沒有好下場，我不希望你也是。」阿迪里假裝聽不見。

阿迪里的手下用槍頂著石貂的後腰，兩人出屋拐到小石室，再順台階上去走到外洞，牆角的馬燈似乎比剛才還暗，那手下用塔吉克語嘟囔著：「誰把這馬燈弄得這麼暗，可能是煤油快用光了。」藉著昏暗的燈光，依稀看到洞口左右各靠著一人，那人大聲說了幾句話，可兩人並未回答，卻都蹲下朝洞外張望著什麼。

這人很是疑惑，走到洞口用塔吉克語說：「外面那輛車沒什麼動靜吧？」左面蹲著的那人回頭嘿嘿一笑，用漢語說道：「下輩子學點漢語吧！」那人大驚，還沒回過神來，就覺身後微有風聲，右肋發涼，一柄冰涼的刀從肋骨之間刺進肺裡，他疼得剛要大叫，肺內的血泡倒灌入氣管，還沒出聲就軟軟倒下。

後面捅刀那人連忙扶住他，慢慢放在地上，石貂擦了擦臉上的汗，用漢語小聲說：「可嚇死我了，提拉潘，那兩個把門的呢？」捅刀那人正是提拉潘，他嘿嘿一笑：「塞到石床後面去了！」石貂問：「怎麼幹掉的？」

提拉潘說：「我和史林在下面同時用狙擊槍幹掉的。」

另外那人正是史林，他說：「田尋，裡面是什麼情況？」

那石貂正是田尋假扮的，他說道：「阿迪里他們翻臉了，三個文物走私販正用槍指著郎教授和羅斯·高逼我們把錢送上來，非要把文物賣給北山羊不可。」提拉潘扔下繩梯衝洞外一揚手，下面有人把一只皮箱繫在繩梯縋上來。田尋拿著皮箱

第四十四章　三仙洞

說：「該換你進去了，我現在全身都是冷汗。」提拉潘對史林說：「你看我們倆戴的面具一樣嗎？」史林笑著說：「放心吧，你們倆就像是雙胞胎，王植那老頭還真有一手，哈哈！」

田尋簡要告訴提拉潘屋裡的人員情況、室內擺設，提拉潘接過田尋手中的皮箱：「讓姜虎也上來！」史林打手勢讓姜虎順繩梯爬上來，三人跟在提拉潘身後順石階下去，田尋先弄滅小石室裡的馬燈，三人拔槍在手隱蔽到牆角，提拉潘拎著皮箱推木門進入。

進來後他先迅速看了下屋裡的情況，見對方共有三人，兩人手持AK47自動步槍，中間那人則捧著一個金屬軸筒，右手持槍。提拉潘在GSG9特種部隊服役多年，執行過許多次打入敵人內部營救人質的任務，短短十幾秒鐘，就已在腦中構想好了行動方案。他怕阿迪里見少了個人起疑心，於是快步將皮箱放在桌上打開，雙手背在身後看著對方。

皮箱裡裝滿了一摞摞的百元面額美金。阿迪里和另外兩人看到這麼多美元，頓時從眼睛裡放出狼一樣的綠光。

他們在石洞裡躲了好幾個月，過著野人一樣的生活，為的就是這麼一箱子花花綠綠的「美國人民幣」，阿迪里穩了穩情緒，讓兩名手下盯緊對方，自己走到皮箱前檢查錢的真偽，那兩人平端AK47，眼睛卻不時地瞟向皮箱。

提拉潘悄悄衝郎世鵬和羅斯・高使了個眼色，三人互相交換眼神。

第四十五章　喀什噶里古墓

忽然，阿迪里把錢摔在桌上，大聲道：「這錢是假的，你敢騙我！」郎世鵬假裝十分驚愕：「什麼假的？我說阿迪里，你又想跟我耍什麼花樣？我北山羊手底下從沒有過假錢！」

阿迪里用手槍指著郎世鵬：「北山羊，你太讓我失望了，別怪我不講情面！」忽然郎世鵬捂著胸口，表情痛苦萬分，身體漸漸倒在地上。阿迪里心中納悶，說：「你要幹什麼？」

旁邊的羅斯・高連忙彎腰俯身去查看，說道：「老闆，你心臟病又犯了嗎？」阿迪里心想，怎麼沒聽說這傢伙有心臟病？那兩個拿AK47的人也互視納悶。羅斯・高衝著阿迪里他們大叫：「快拿硝酸甘油來，快點，要不他就死了！」

三個文物走私販起初聽得一頭霧水，後來阿迪里笑道：「我這裡哪有什麼硝酸甘油？死就死了吧，我節省了一顆子彈！」另外兩人臉上也帶著笑。

就在這時，提拉潘背在身後的雙手早已悄悄握著雙槍，突然舉槍開火。兩支九二式手槍共同擊發，槍速基本與自動步槍差不多，那兩個持AK47的走私販子猝不及防，胸口連中數槍，打得兩人身體亂扭，臨死時手中AK47連連擊發，嗒嗒嗒嗒！槍口噴出長長的火舌，可毫無章法的子彈都打在石室頂棚上，濺得碎屑亂飛。

阿迪里大驚，立刻俯身閃躲，同時向提拉潘開槍射擊，提拉潘向右躲閃，同時雙槍不停地開火，壓得阿迪里根本無暇還擊，他左手抓過金屬軸筒，身形急向佛龕後面閃去，隨手摘下牆上掛著的AK47步槍，鑽進那張繪有朝聖圖的布畫裡，原來那佛龕後面又是個暗門，外面用布畫擋著。

郎世鵬一骨碌從地上爬起來，擦了擦頭上的汗，大聲道：「快追，別讓他跑了，快！」這時躲在外面的史林、姜虎和田尋也衝了進來，隨提拉潘一同鑽進布畫裡追去。

提拉潘衝進去後怕對方守株待兔打個正著，立刻使了個就地側撲，果然阿迪里用AK47一個點射，如果提拉潘往前直衝剛好打個對穿。提拉潘橫身在地雙槍還擊，壓住阿迪里的火力，同時後面史林三人也追上來，阿迪里無心戀戰，轉頭就跑。

這佛龕後面是個人工開鑿的通道，左拐右彎不知通向何處，田尋手握著槍跟在

第四十五章　喀什噶里古墓

最後，心臟都快跳出來了，他邊跑邊想：剛才阿迪里說的那句話是什麼意思？從西安大收藏家林之揚的老宅中弄出來的，怎麼又和林之揚有關係？難道又和上次的丘立三一樣，有人搶了他家什麼文物不成？他媽的，又讓我跟來幹這種差事！我這算是替警方出力，還是黑吃黑共同犯罪？

提拉潘和史林跑在最前面，兩人動作之快超出姜虎一大截，緊緊跟住阿迪里的影子，阿迪里幾次想回頭開槍，卻根本騰不出手來。

這通道是漸漸向下開鑿的，追了有五、六分鐘的樣子，忽然冷氣撲面，史林衝在最前面，只見兩個穿黑袍的走私販手持AK47就要向他開火，可史林的動作顯然快他們一步，他左手閃電般從皮帶拔出手槍，砰砰砰幾槍打得對方仰面栽倒。

大家出了洞口才發現，原來這通道從二十多米高的三仙洞一直打通到外面，耳邊來摩托車發動機狂嘶的聲音，提拉潘急道：「阿迪里騎摩托車跑了，怎麼辦？」史林嘬口打了幾聲呼哨，不一會兒豐田越野車從河岸開來，四人連忙鑽進車裡，杏麗和法瑞爾都在，提拉潘叫道：「快追，阿迪里開摩托車逃跑了！」

杏麗連忙告訴法瑞爾，法瑞爾一踩油門，順河岸直追過去。

那阿迪里顯然早有後路，又熟悉地形，摩托車連車燈都不打，一個勁地繞路狂奔，只想甩掉後面的汽車。可今晚剛巧是滿月，皎潔的月光灑在恰克馬克河岸上，史林又是從小練功，眼神和耳音極好，他探頭在窗外邊聽動靜、邊為法瑞爾指路，杏麗在旁邊翻譯。

提拉潘伸手費力地從臉上撕下一層人臉形薄膜，邊撕邊道：「這東西太難受了，捂得臉上很熱！」旁邊的史林說：「老闆不是說了任務沒結束之前不許撕嗎？」提拉潘說：「身分都暴露了還怕什麼？一會兒就衝上去殺個乾淨！」

田尋也摸了摸臉上的薄膜，心中疑惑萬分，幾次欲開口問杏麗，卻又嚥了回去，心想：等抓到阿迪里之後，我再好好問她！

前面的阿迪里駕摩托車一路向西南飛奔，路面坎坷不平，汽車又是高速行駛，饒是法瑞爾駕駛技術高超，也有好幾次差點顛翻，而阿迪里的摩托車顯然是越野型的，在這種路面下漸漸顯示出優勢來，把汽車越甩越遠。

杏麗急得夠嗆，叫道：「快開槍，打死這個混蛋！」姜虎和提拉潘兩人操起M4A3卡賓槍，探身出車窗用瞄準鏡向阿迪里頻頻開火。

第四十五章　喀什噶里古墓

那阿迪里很是機警，摩托車呈之字形前進，利用沙丘起伏作掩護，並且那輛摩托車的燃料中似乎摻有機油，排氣管後面冒出大量濃煙，簡直就像一長串煙幕彈，兩人在瞄準鏡中只能看到滿眼白煙，姜虎罵道：「這傢伙太可惡了，全都是煙，打不著啊！」杏麗命令法瑞爾緊緊盯住，絕對不能跟丟目標，法瑞爾側頭衝她微笑著說了句法語，這是法瑞爾在加入隊伍後頭一次有人看到他笑。

摩托車屁股後頭冒出的煙霧雖然可恨，但也暴露著阿迪里的行進路線，汽車一路狂追逐漸遠離河岸，直追出了有近百公里，前面出現一大片起伏的山巒，夜色中似乎看到山巒裡有大片舊城牆似的建築。

姜虎問：「那些城牆是什麼東西？」杏麗道：「好像就是郎世鵬所說的那個穆罕默德喀什噶里古墓吧！」

追著追著，煙霧在山丘中拉著長線轉到一大片舊城牆後，摩托車引擎聲也消失了。史林道：「怎麼聽不到發動機聲音？」汽車追到那片舊牆後，只看到沒散盡的煙霧，那輛摩托車也倒在土坡上，阿迪里卻蹤跡不見。姜虎首先跳下車，四處查看一番，沒發現有阿迪里逃跑的足跡。提拉潘說：「快下車找，他肯定就在附近，這傢伙不可能蠢到丟掉摩托車而光用腿跑！」

大家立即下車，各帶槍枝彈藥開始分散搜索，這回是動真格的了，連杏麗和法瑞爾也各自持槍上陣，三支M4A3上都配有夜視瞄準具和戰術手電筒，手電筒清冷的白色光柱在夜色中異常醒目。史林知道田尋沒有經驗，於是說：「你跟在我後面就行了，注意保護自己！」田尋心裡很感激，緊握手槍跟在他身後前進。

法瑞爾、史林、姜虎和提拉潘四人雖然各有不同的當兵經歷，但世界各國軍隊的戰術訓練大多相通，因此四人不約而同地按照四人小隊的菱形四頂點位置交錯站位，這樣可以保證前後掩護和搜索視野最大化。史林處在左前方位置，田尋在屁股後頭跟著，只見史林端槍邊搜索，邊抬鼻子聞味道。提拉潘在右前方，用眼角瞥了他一眼，低聲道：「你在聞什麼？」

史林小聲回答：「俺在嗅阿迪里的味。」提拉潘笑了：「你又不是軍犬，還能聞到他身上的味道嗎？」史林說：「阿迪里身上有種塔吉克人特有的氣味，俺能聞得到。」提拉潘想譏諷幾句，又一想他在世界聞名的少林寺學過絕技，也難說是真是假。

六人隨著史林的線路慢慢來到一處縱橫交錯的舊城牆遺址邊，史林小聲說：「大家小心，裡面很可能有埋伏！」提拉潘道：「都伏下身體，頭部降低，盡量不

第四十五章　喀什噶里古墓

要出聲！」大家像六隻貓，躡足潛蹤悄悄地摸進遺址。

這片遺址是和穆罕默德喀什噶里古墓同時代的建築，大部分都是沿山脊起伏的角度修成類似戰壕似的石砌通道，各通道之間相互連通，與長城的作用相同，都是用來打仗的。六人在通道裡轉了半天，並沒發現有阿迪里的蹤跡。

杏麗有點沉不住氣了，她問道：「這傢伙會不會已經跑到別處去了？或許這裡有暗道一類的東西，我們就算找到天亮也沒用！」史林慢慢搖搖頭：「他肯定從這裡經過了，因為俺聞到有股汽油味。」杏麗問：「你說什麼？我怎麼沒聞到？」

忽然史林叫道：「快趴下！」大家下意識連忙低頭，就聽「叭」的一聲槍響，有子彈從遠處射來打在附近不遠的石牆上，田尋嚇得縮頭靠在牆根，心臟都快跳出了嗓子眼，心想我這不是跟著玩命來了嗎？

提拉潘低聲說：「是AK47的槍聲，肯定又是那些文物走私販！」姜虎也說：「從聲音判斷好像是左前方那邊傳過來的，只是天太黑看不清。」

提拉潘伸手從胸前摘下一枚信號手雷，拉開引信用力遠遠拋向空中。砰！信號手雷在空中炸開，一團耀眼的光球拖著尾巴飛上天空，又劃著拋物線慢慢落下，幾秒鐘之內照得大地一片白亮。就在這短短的時間裡，法瑞爾迅速抬起MK12狙擊槍，貼著牆裙「砰」地開了一槍，緊接著遠處似乎傳來一聲悶哼。

大家都回頭看著他，法瑞爾左掌向前擺動幾下，示意大家可以前進，繞過幾道城牆後，赫然發現不遠處躺著個人，杏麗興奮地說：「快去看看是不是阿迪里！」提拉潘道：「小心有埋伏，貼著石牆慢慢走！」他和史林兩人摸到近前一看，有個身穿黑袍、黑布罩面的走私販躺在血泊中，旁邊扔著一把AK47步槍，卻並不是阿迪里。

史林示意大家過來，杏麗見不是阿迪里，氣得直跺腳，姜虎道：「看來這阿迪里並不是單打獨鬥，很可能附近有很多他的黨羽，但起碼暴露了他的行蹤，我們順這條路繼續前進！」大家繼續前行，杏麗伸手撿起那支AK47自動步槍，把手槍插在皮帶裡。

姜虎對她道：「撿這個幹什麼？這槍很沉的！」杏麗哼了聲：「我早聽說這種俄國佬造的槍火力很猛，想試試！」說完嘩地拉上槍栓端在手中。姜虎笑著說：「拿穩點，這槍後座力大，小心脫手！」杏麗把杏眼一瞪：「用你說？我又不是沒開過槍！」姜虎碰了一鼻子灰，心想這漂亮娘們以前是幹什麼出身？簡直就是個母老虎。

第四十五章　喀什噶里古墓

走著走著，前面的石砌通道漸漸下坡，又拐了個大彎，遙遙通向峭壁後面。忽然史林似乎發現了什麼，舉槍就射，兩個單發過後，對面峭壁邊有人慘叫著栽到下面，撞得峭壁上的碎石也跟著紛紛下落。

提拉潘罵道：「這幫混蛋都躲在暗處放黑槍，大家小心，注意頭部千萬別抬高超過城牆！」

田尋緊張得連喘氣都不會了，心想：他們打死個人也太容易，一聲槍響命就送了，這要是我自己被打死，那豈不冤出了大天？我爹媽還不得傷心死！今晚就不應該跟著來，不知道郎世鵬打的什麼算盤，為什麼非要堅持讓我也來？我出了事誰願意負責？

突然，夜空裡響起一陣猛烈而又雜亂的槍聲！嗒嗒，嗒嗒嗒嗒！六人連忙伏低身體，身後的石牆被打得碎屑亂飛，史林和提拉潘用感覺判斷對方射擊的大致方位，雙手平端槍高舉過頭頂，憑感覺向對方開火還擊，一時間槍聲大作，火光映得身邊忽明忽暗，耳朵嗡嗡作響。

姜虎低著頭大聲道：「敵人最少有四個，分別從左右兩個方向朝我們開火！」

提拉潘取出一枚高爆炸彈，用牙齒咬下拉環扔過去，轟！濃煙伴著碎石四散而飛，但似乎沒什麼效果，子彈仍然連連射來，史林譏笑道：「你今晚沒吃飯嗎？扔遠點！」提拉潘怒道：「你才沒吃飯，再來！」又是一枚炸彈遠遠飛出，爆炸聲伴隨著人的慘叫，對面的槍聲明顯稀疏了許多，史林嘿嘿笑了：「這還像個在德國當過特種兵的樣！」

大家剛要前進，聽得槍聲大作，似乎又有一批援兵到達。姜虎也摘下一枚彈射式針刺手雷遠遠拋出，砰地響過之後，前方傳來幾聲慘叫，看來是有人被尖刺射中。

提拉潘叫道：「用煙幕彈！」他和史林、姜虎三人分別將一枚煙幕彈扔出去，頓時濃煙在四周迅速瀰漫開來，史林說：「趁著煙霧蹲行前進，身體不要太高，對方會亂開槍！」六人盡量把身體重心降到最低，迅速向前摸去。果然，對方什麼也看不見，抬槍一陣胡亂射擊，盼著瞎貓碰到死耗子。

提拉潘和史林就像兩隻夜貓子，悄沒聲地摸到兩名手持AK47亂開火的人背後，還沒等那二位覺察到，兩人猛撲而上，提拉潘縱身躍起抬右肘狠狠砸在那人頭頂，咔的一聲輕響，那人頭骨砸裂，頓時斷了氣，史林則不願隨便殺人，右掌如刀般砍在敵人左頸處，那人哼都沒哼噗通栽倒。

第四十五章　喀什噶里古墓

這裡是一圈圍著山體修建的城牆通道，大致呈環形，居高臨下，對面那片縱橫交錯的通道一覽無遺，也難怪剛才六人被火力壓制得很艱難。大家向左側轉彎處跑去，剛一露頭就看到五、六個走私販各持衝鋒槍狂射，史林連忙收身緊貼石壁，姜虎說：「我來讓他們精神點！」

他左手拔出手槍，向拐彎處對面的石牆上連開幾槍，對面那幾支AK47立刻狠狠回應，雜亂的槍聲如暴風驟雨般傾瀉，杏麗生怕反彈的碎石打傷臉部，連忙退到最後，叫道：「你這是幹什麼？你在打誰啊？」姜虎又連開數槍，敵人的槍聲響到半路卻陸續停止，隨後響起退彈匣的聲音，提拉潘笑道：「來機會了，你前我後！」

他和姜虎幾乎身體同時縱身躍出，兩人左右錯開橫落在地，手中M4A3噴出長長火舌，對面那幾位剛才只顧打得興起，卻幾乎同時沒了子彈，正在換彈匣的當口，被兩支卡賓槍打得前仰後合紛紛倒地。

兩人爬起來笑著互相擊掌。史林和法瑞爾再舉槍衝出，對面已經被掃平了，毫無動靜。再看倒在地上那幾位，也都是黑袍黑面，旁邊散落著幾支換了新彈匣沒來得及上膛的AK47步槍。

姜虎道：「來，每人撿一支備用的玩玩！」四人分別撿了一把AK47挎在背後，田尋看了看餘下那把，伸手也想撿起，可又一想算了。

第四十六章　槍戰

這時，史林發現在石壁邊有一個方形洞門，他回頭道：「快看，這裡有個石門，阿迪里肯定在裡面！」姜虎探頭向裡看去，裡面是個又寬又長的通道，牆上掛著幾盞馬燈，光線昏暗。提拉潘道：「闖進去吧，也沒別的路走。」這時就聽通道裡傳來紛亂的說話聲，田尋說：「說的不是維吾爾語，應該是塔吉克人！」

「那就更好了，肯定是阿迪里的人！」姜虎說道，忽然由通道拐角處衝出兩個手持自動步槍的傢伙，姜虎動作快如閃電，抬槍就射，頓時將那兩人打得靠牆癱倒，鮮血濺了滿牆。

「快進去！」幾人衝進通道內，這通道足有五十多米長，也不知道當初是誰開鑿的，通道盡頭拐向右側。當快跑到拐角處時，聽得雜亂的腳步夾著外國話音由遠至近，還伴隨著嘩啦啦的槍擊上膛聲，這時想退出洞口已然來不及，姜虎掏出一枚高爆手雷，史林連忙阻擋：「不能用手雷，這通道太窄，衝擊力會穿透咱們的耳膜！」

姜虎笑了：「不會的，你們快快後退，聽我的！」五人連忙迅速後退，姜虎後退幾米遠，扯下手雷上的拉環，側耳聽得另一側敵人越來越近，他大拇指一抬鬆開保險彈片，用力向牆上右斜著扔去，手雷撞在牆上後遠遠反彈向右側，姜虎回身撲倒，同時大叫：「捣住耳朵！」五個人連忙死死堵住兩耳。

轟！

爆炸聲和慘叫聲幾乎同時響起，巨大的氣浪衝到拐彎處時，又被牆體反彈回去，傳導到姜虎他們那裡只剩下一些餘波，姜虎立刻爬起來，衝到拐彎處猛烈開火，將幾個沒死透的走私販送上西天。史林五人也跟了過來，待煙霧散後，但見滿地血肉模糊的死屍，杏麗和田尋都有點反胃想吐。姜虎笑道：「習慣就好了。我以前在廣西軍區當兵，在地道裡對付越南鬼子的時候經常用這招，管用！」

史林誇獎說：「這就叫各有各的道！」剛說完，忽聽叮叮幾聲輕響，抬頭看見不知誰從前面另一個拐角處扔出一枚手雷，正彈來撞去地滾過來。杏麗都嚇傻了：「天哪，有手雷，有手雷！」大家一起往後擠。

說時遲那時快，史林雙腳一彈飛身上前，抬腿將手雷踢飛，手雷彈在牆上後準確地折向拐角裡面，剛拐過去就炸響了，巨大氣浪帶著血氣直湧出來，濺了史林滿身。

史林跑過去，見靠牆坐著個黑袍走私販，這傢伙連腦袋都被炸飛了，可惜也不知道長得是醜是俊。史林朝身後擺擺手示意大家跟上，杏麗笑著誇獎：「你這少林和尚還真有兩下子呢！」史林嘿嘿笑了。忽然田尋指著前面說：「你們看，前面是個大洞穴！」

上前仔細一看，果然，這通道居然與一個巨大的天然洞穴連通，這洞穴有標準足球場大小，洞壁上全是人工開鑿的佛像，縱橫上下、高矮不一，地面上有幾百個尖塔似的石柱，密密麻麻像樹林似的，姜虎道：「這肯定就是阿迪里這幫文物走私販的老窩了，那還有幾個液化氣罐，看來是生火作飯用的。」

正說著，對面竄出十幾個身穿黑色長袍的文物走私販，都端著衝鋒槍朝通道出口這邊猛烈開火。

大家被打得抬不起頭，提拉潘和史林各扔出一枚煙幕彈，洞裡頓時變成了仙境，到處都是白霧。姜虎和法瑞爾抬槍掃射，掩護其他人衝進洞穴裡，各找石柱做掩體躲藏。耳中聽石洞對面有人紛紛亂呼：「喀拉喀拉！」

腳步聲雜沓傳來，幾個右手拿槍、左手持刀的走私販衝上，史林早聽到聲音，他以石柱為軸移動腳步，始終不讓對方看到自己，當這幾人衝上前來時，史林卻已經轉到他們身後，他飛身高高躍起，雙腿左右一字踢出，史林沒下死手，兩人側臉分別被踢中，頓時吐血昏倒。另兩人沒等回頭，史林落地時順勢一個掃堂腿，直接踢斷兩人迎面骨。

這時一人手持鋸齒刀上來就扎，史林來不及躲避，只見他低吼一聲，腦門青筋暴起，那人鋸齒刀正扎在史林左胸，可刀尖居然頂在他肌肉上卻不插進，這人嚇得夠嗆，還沒回過神來時，史林伸手側刁他手腕向裡一帶，那人身子不由自主地往前踣，史林順勢用右臂一夾，咔嚓將他臂骨夾斷，那人慘叫著倒地亂滾。

提拉潘驚奇地問：「你這功夫是不是少林易筋經、金鐘罩？」史林嘿嘿笑了，點點頭。

旁邊又有一人用手槍向田尋連連射擊，田尋嚇得躲在石柱後不敢出來，旁邊的杏麗看得真切，端起AK47把那人打成蜂窩。田尋驚魂未定，杏麗罵道：「笨蛋，手裡有槍不會使嗎？虧你還是個男人！」把田尋罵得狗血淋頭，他心裡怒罵：我只是個普通人，哪敢用槍把人打死？

忽然，他看見在杏麗左後側有個走私販正悄悄向她逼近，而杏麗卻毫不察覺，

第四十六章　槍戰

只見那人直起腰抬槍就要射擊，田尋想張嘴示警已來不及。他也沒多想，舉手槍連扣扳機，開始兩槍未擊中目標，打在那販子左側石壁上，那人嚇得一愣工夫，田尋已調整了準星，後兩槍打在他右肩以及肋下，杏麗回頭又補了一個點射，把那傢伙翻在地。

這是田尋平生頭一次打死人，登時大腦全部空白，不敢相信自己殺了人，杏麗卻走過來笑著說：「這還像是個男人，有資格做我妹夫！」忽聽側面有人大叫：「你們小心！」兩人側頭看去，有個文物販正舉手槍向兩人瞄準，提拉潘縱身上前飛起右腳踢中那人手腕，同時跳起來用右膝撞他的臉。

泰拳是純實用型的武術，除了雙拳和雙腳之外，還要利用手肘和膝蓋攻擊對手，因此有「八條腿拳法」之稱，提拉潘自小就在高人指點下學習古泰拳法，每天都要花八小時用腿踢鐵柱，就是為了強化骨骼強度，才可把膝蓋和小腿骨練得像鐵錘一樣硬，普通人哪裡受得了？這一記腿擊直將那人撞得頭骨碎裂，連眼珠都翻出來了。

這血腥殘酷的場景看得田尋心驚肉跳，一路上田尋和提拉潘有說有笑，並未對這個號稱身懷絕技的人有啥特殊感覺，而現在見他舉手之間就能致人死命，才覺得他很是可怕，田尋性格溫和，一向討厭暴力，不由得心生厭惡之感。

那邊法瑞爾找了個最佳射擊點，用MK12 SPR連連狙殺了不少走私販子，對方似乎也知道這幫人身手不凡，也不急於進攻。

史林叫道：「這幫王八蛋害怕了，大家快上啊！」正說著，突然從背後響起槍聲，大家連忙躲閃，卻見從通道入口處又湧進一批走私販，開始兩邊夾攻。腹背受敵一向是兵家大忌，提拉潘飛出兩枚手雷，但洞穴太大，石柱遍地，死角太多，所以也沒什麼效果，史林瞥眼看到旁邊有一只小型液化氣罐，他伸手拎起罐體，對提拉潘和姜虎說：「看你倆的槍法了，大家快低頭！」手臂運勁將液化氣罐朝通道入口處遠遠扔去。

看著液化氣罐就要落地時，提拉潘剛要開槍，卻聽轟的一聲，火球瞬間在空中炸開崩死不少走私販，卻是法瑞爾開的槍。姜虎笑道：「那法國佬人品不怎麼樣，槍法倒是可以！」

突然「叭」的一聲槍響，姜虎右胸鎖骨中彈，子彈從背後透了出來，鮮血狂流。其他人連忙躲避，姜虎咬著牙道：「那是……是九五式衝鋒槍！」田尋趴在地上，從眾多石柱的縫隙看到一人手持黑色九五式衝鋒槍，站在幾尊巨大佛像中間的

第四十六章　槍戰

一個方形洞口處，正朝這邊單發射擊，那九五式衝鋒槍的精準度遠非AK47可比，阿迪里不緊不慢地開著槍，每一槍幾乎都打在幾人身邊半尺之內，田尋低著頭叫道：「是阿迪里，他在洞穴對面的一個洞口開槍！」

杏麗罵道：「這個塔吉克棒子，一定要打死他！」

只聽阿迪里口中連連發令，從那洞口又蜂擁進幾十個身穿黑袍的持槍者，這些人平端AK47邊跑邊射。田尋他們各找掩體抽空還擊，可彈藥越來越少，最後M4A3子彈打光，連背後挎著的備用AK47也卡殼了。杏麗急得直冒汗，她萬沒想到這個阿迪里居然能在這地下老巢中，聚集如此多的文物走私販。

法瑞爾的MK12 SPR步槍裡也只剩五顆子彈，杏麗告訴他盡力射殺阿迪里，阿迪里在塔吉克當過數年兵，熟知對方有歐製高精準度武器，連忙退回洞內，法瑞爾開了四槍之後，停止射擊。

阿迪里見對方槍啞，心裡高興，以為是沒子彈了，露頭舉槍瞄準，這時法瑞爾最後一顆子彈射出，穿過阿迪里右臂，又擊中了後面一個走私販子右胸。阿迪里低吼一聲，連忙撕下身上袍袖紮緊前臂止血，同時指揮眾走私販子齊上。

人越湧越多，子彈打得杏麗他們不敢抬頭，田尋急得直叫：「怎麼辦啊？我們都沒子彈了！」突然一顆流彈打在他右腿外側，田尋慘叫倒地，鮮血汩汩直噴。提拉潘連忙拋出兩枚致盲彈，同時手槍連連射擊，令對方一時不敢衝上來。

史林伸手拽過田尋，撕下自己兩隻袖子，先給田尋緊緊紮在他大腿根部，又幫姜虎纏住右肩。田尋疼得眼淚快流出來了，但他緊緊咬住牙關，以免讓別人給看扁了，直把牙根咬得滲血，也沒叫出半個字。

史林誇道：「小子，你倒挺有骨氣，是塊材料！」從懷裡掏出一個小藥瓶，將一些紅色粉末撒在田尋和姜虎的傷口上，姜虎咬了咬牙沒出聲，可田尋再也忍不住了，大叫一聲差點沒昏倒。史林說：「這是俺少林寺的神藥行軍散，能立時止血。」

提拉潘告訴大家以扇形散開躲於石柱之後，等對方走近再下手搶奪槍枝，當然這也是無奈之舉。

就在這時，又聽到從身後通道入口處傳來雜沓的腳步聲，顯然又有大批人馬殺了過來。六人連忙移步石柱之後，杏麗急得要哭：「他們究竟有多少人啊！我們不會死在這裡吧？」只見從通道口跑進一批人，全都身穿黑色長袖夾克和黑色長褲，手裡端著九五式衝鋒槍，說來也怪，阿迪里那批人立刻將火力移向跑進來的這批人

第四十六章　槍戰

馬，雙方激烈交火。

這批黑衣槍手約有二十來人，他們迅速各自散開佔領隱蔽點，顯然是訓練有素，這些人個個準頭不俗，而阿迪里那批人雖然數量占優勢，但畢竟只是一群走私販子、烏合之眾，幾分鐘之後，就被黑衣槍手打死一半多，黑衣槍手逐漸收攏包圍圈，剩下的走私販也無心戀戰，紛紛從方形洞口逃竄。

槍手們隨後緊追，杏麗等人面面相覷，不知道怎麼回事，提拉潘說：「反正這批黑衣人不是咱們的敵人，也許是郎老闆給派來的援兵，我們也上啊！」大家都打起精神，史林架著田尋，撿起地上散落的AK47追過去。

繞過幾個小洞穴，前面出現一個圓洞，而且有三個出口，地上腳印雜亂，也不知道阿迪里究竟從哪邊逃走的。杏麗一跺腳：「這可怎麼辦？從哪追啊？」田尋疼得滿頭是汗、眼冒金星，說：「我們分成……三組分頭去追吧！」杏麗點點頭，於是史林和田尋一組，提拉潘和姜虎一組，杏麗則跟著法瑞爾，分頭鑽進洞內。

田尋他們走的左邊岔路，洞裡光線昏暗，拐過彎彎曲曲的隧道，在一個洞穴裡躺著幾具文物販的屍體，身邊散落著槍枝，兩人從屍體之間跨著走過，忽然史林用力推倒田尋，同時自己也彈向另一側，緊接著背後槍聲響起，子彈都射在兩人剛才站的位置上。史林回頭舉槍點射，將一個躺在地上佯死的傢伙徹底打死。

田尋驚出一身冷汗，他說：「你怎麼知道身後有人？」

史林嘿嘿笑笑：「俺背後長著眼睛哩！」

田尋看著這幾具屍體，道：「不知道阿迪里從哪兒跑了，黑衣人可能也分頭去追了，咱們快走吧！」兩人剛要前進，忽聽左側石牆「嘩」的一聲響，有個隱藏的石門旋轉啟開，史林大叫：「趴下！」從石門裡噴出長長的火舌，子彈射向史林。

史林閃身躲到洞口處舉衝鋒槍開火還擊，可子彈很快就打光了，史林暗罵不好，這時一個黑袍人影在石門處閃了下，見外面無人攻擊，知道史林是真沒子彈了，那黑袍人直竄出來猛撲向史林。

「阿迪里！」田尋大聲驚呼，沒想到阿迪里居然躲在這裡！史林閃身躲過，阿迪里身形敏捷，右手五指一晃，呈鉤狀去掐史林咽喉，史林剛向右閃，卻不想阿迪里是個虛招，左拳直搗他的心口窩。

史林喝了聲：「好身手！」伸出雙拳使了個「雙鬼拍門」去夾阿迪里的手腕，

第四十六章　槍戰

阿迪里見史林有備，拳頭還沒等送到位，又縮拳變肘去撞史林右太陽穴，史林右拳抬起格擋，可阿迪里拳招又變，撤肘將左拳劃了個小半圈，從史林腦後擊打他的後腦勺。

史林將頭一縮同時後退幾步，口中「咦」了聲，表情十分驚奇。阿迪里見對方光躲不進攻，以為他開始膽怯了，於是拳腳如暴風驟雨般使出，先用右腿低踢史林左膝彎，史林身體縱起躲過，阿迪里腿法連綿而上，分別彈踢史林的左肋和左太陽穴，他招式怪異，每招之後都跟有幾個變招，十分凶狠。

「緬甸拳！」史林脫口而出，他剛才就懷疑這個塔吉克人的功夫有些眼熟，現在才確定下來，阿迪里也懂漢語，他見對方只寥寥數招就看出自己的功夫家數，也有點意外，喝道：「你是什麼人？」史林嘿嘿一笑：「我是你師父！」大喝一聲，飛身而起右拳直擊阿迪里面門。

這一招是太祖長拳裡的頭式「衝陣斬將」，雖然招式簡單，卻因人而異，武功深厚的人使出來就威力大增，阿迪里覺得一陣勁風襲來，連喘氣都不暢，他不敢正面格擋，立刻向右後側撤身，史林借勢左轉身體，左拳橫掃阿迪里臉頰，這要是拍中就得顴骨破裂，阿迪里嚇得又向後退，可後背卻頂到了牆上，史林見有便宜，身體如猿猴般猱進，右拳連環擊打，阿迪里雙手在牆壁上一撐，借力彈開，史林這一拳砰地打在牆上，竟然硬生生將一塊石磚打碎，石屑亂飛。

阿迪里看到史林硬功如此了得，身手又快似閃電，多少有點怯陣。他本來功夫不弱，原打算用最快的時間殺掉二人好快點逃走，可現在看到對方並非三腳貓，心裡就開始打退堂鼓，幾招過後，他尋機移動到洞口那一側，虛晃了幾下抽身欲逃。

第四十七章　林之揚的攤牌

這時從洞口竄進一人，這人高高躍起、右肘直落，從半空中狠狠砸向阿迪里頭頂，阿迪里自幼喜歡武術，世界各國的功夫都有涉獵，一看就知道對方用的是正宗的泰拳，他雙掌在那人前臂迎面骨一拍，身體借力後退，大叫道：「兩個打一個，不公平！」

那人罵道：「對付你這種人還用談公平！」田尋驚呼：「提拉潘，你也來了！」提拉潘說：「史林，請你讓開，我想和他較量一下！」史林卻有點不高興：「你先靠邊，俺還沒玩夠呢！」

阿迪里氣得半死，怎麼自己成了陪你倆玩的寵物了？他大叫一聲，拳如雨點般向提拉潘猛攻。提拉潘抬手肘來回格擋，阿迪里只覺得好像每一拳都打在橡膠上，軟軟的根本發不上力，他無心較量，邊打邊將身體移向洞入口，準備伺機逃掉。

田尋躲得遠遠地靠在牆上觀戰，忽然看到地上有把AK47步槍，他趁三人鬥得正酣時，偷偷把槍撿起來端著瞄準，這種槍足有三、四公斤，握在手裡沉甸甸地瘆疼，他想來個暗中偷襲。可那三人如同走馬燈一般，身形滴溜溜轉個不停，他連眼睛都跟不上節奏，就更不敢開槍了，萬一打錯人，豈不是幫了倒忙？

就在他焦急之時，只見阿迪里使了個緬甸拳法中的亂纏訣，一拳緊似一拳，好似發瘋發狂，將史林和提拉潘逼得退散幾步，阿迪里看出空檔，抽身向對面的洞穴出口逃去。

這下讓田尋看出便宜了，他也沒思索，舉槍朝阿迪里背後就開，嗒嗒嗒！強大的後座力震得田尋十指發麻，差點沒把槍扔了。那阿迪里剛才在打鬥時，就偷眼看到田尋舉槍瞄準，只不過投鼠忌器，沒敢開槍罷了，現在逃向洞外時，心裡盤算好了他會在背後放黑槍，於是先使了個斜燕投林，身體斜著衝出洞外，田尋那半梭子都打出洞外擊空。

可人不是神仙，顧東顧不了西，提拉潘見他腳步斜跨出洞，肯定比直著跑要慢上那麼半步，他趁著慢了這麼半步的機會，飛身上前使了個戴冠雙併肘，兩肘狠狠夾向阿迪里後腦，阿迪里畢竟身有功夫，聽到身後又有勁風襲來，可半路衝步無法收勢，只得勉強縮頭，同時用雙手握拳護在腦後。

提拉潘雙肘未出，卻抬起右膝結結實實地頂在阿迪里後腰上，只聽喀的一聲輕

第四十七章　林之揚的攤牌

響，阿迪里脊椎第十一、十二節頓時斷裂，他慘叫著跌倒，雙手迅速在地面一撐想跳起來，卻發現腰部以下完全沒了知覺，就像已經不屬於自己。

提拉潘哈哈大笑，和史林共同衝上去就要擒拿，阿迪里大叫一聲，右手不知什麼時候多出一把短刀，手腕一抖就要擲向提拉潘小腹，提拉潘大驚，他在驚喜之下，沒防備還有這麼一手，只得並舉雙臂抬右膝，準備硬挨他這一刀。

這時田尋手中AK47步槍嗒嗒嗒噴出火舌，半梭子的子彈都打在阿迪里後背，頓時氣絕身亡。

田尋拎著槍走過來，說：「這回應該徹底解決了吧？」提拉潘驚出冷汗，拍拍田尋肩膀說：「謝謝你兄弟。」史林用腳翻過阿迪里屍身，從他身上搜出一個金屬軸筒，三人相視大笑。

忽然，洞穴兩端同時衝進一批黑衣槍手，十幾支槍管指著三人，田尋他們不知為何，只好先舉起雙手投降。為首的黑衣人走到史林面前一把搶過金屬軸筒，笑著說：「我們合作得還是挺愉快嘛，哈哈！」這時杏麗等人也趕來，史林大聲道：「杏麗，東西被他們搶走了！」

杏麗臉沉似水，慢慢走到那黑衣首領面前：「現在可以說了吧，你們是誰？」

「哈哈哈，這就是漂亮的杏麗女士，林氏集團的第一夫人。」這人大笑著說，「首先慶祝我們成功搶回了地圖，阿迪里的那些餘黨也被我們全殲滅了，請杏麗女士不用擔心。」杏麗又驚又怒：「你到底是誰？」

這人說：「實不相瞞，我的老闆和你們很熟，他就是北京金春集團的董事長尤全財先生，是他派我們來幫你們的！」

「尤全財？」

杏麗簡直不敢相信自己的耳朵，「他怎麼知道……他……」

這人笑了：「我們只受尤老闆的指派在喀什暗中相助，至於原因嘛，就不是我們這些做手下該知道的了，但是尤老闆有交代，這東西我先替你們保管，等你們回西安之後，尤老闆會親自帶著東西去林教授府上拜訪，並有要事相商，希望到時候您能給我們打個電話。」

杏麗大怒：「少廢話！我們林家的東西，還沒有人敢搶走！」

這人把金屬軸筒在手中一拋一拋地玩，說：「請杏麗女士不要為難我們，再說，現在的情況也由不得杏麗女士作主，好了，我們先出洞去再說吧，這裡空氣不通，還有股血腥味。」杏麗無奈，只好跟著這批人走出了洞。

第四十七章　林之揚的攤牌

到外面一看，杏麗他們都傻眼了，只見山坡上停著兩架黑色的直升機，上面用白漆塗著「林業巡察」四個大字，看型號應該是美軍淘汰下來的黑鷹加大型，每架可載近十人，這種黑鷹戰鬥機被中國購入不少，但都是用在考察、搶險或其他民用用途上，看來這幫人是打著林業巡察的幌子乘直升機行動，既掩人耳目又能快速反應。

黑衣槍手陸續登上直升機發動引擎，螺旋槳攪得灰塵四起，那首領以手遮臉，大聲笑著說：「杏麗女士，別忘了回到西安之後，讓林教授給我們尤老闆打個電話！」說完登上飛機，兩架直升機慢慢升空，斜著轉了個彎後朝東面飛去，漸漸消失在夜空中。

史林和提拉潘目送飛機離去，開始張飛抓蛐蛐——大眼瞪小眼，卻不敢張嘴問。最後田尋忍不住說：「杏麗姐，這到底是……」杏麗心中很清楚怎麼回事，又不方便明講，只好煩躁地一擺手，說：「回去！」幾人也沒再說話，只好步行著繞過河岸找到汽車駛回喀什。

次日早晨，四輛越野車開始順原路返回，一路上大家緊貼次級公路行走，又無心看風景和遺址，因此倒也平安無事，回到甘肅之後，轉乘飛機到了咸陽國際機場。林振文的兩輛汽車早在機場接應，將大家接回他在咸陽市南郊的城堡別墅。

大家一路上都折騰得夠嗆，姜虎和田尋又負了不輕的傷，足足休養了半個多月才好些。在這期間，新疆之旅同行的那些人也都留在別墅中小住，大家每日就是聊天散步、遊玩喝酒，日子倒也輕鬆快活，只是林振文似乎沒有讓大伙離開的意思。田尋好幾次想問杏麗或林振文關於阿迪里的事，可又一想，雙方肯定有當面對話的機會，還是再等等。

一天夜裡，除田尋之外，所有人都被召集在城堡大廳喝茶。林振文和杏麗坐在上首，面前放著一只黑色皮箱。林振文先打開皮箱，把一摞摞嶄新的美元分發給眾人，每人一沓。大家互相看了看心中暗喜。

林振文喝了口茶，清清嗓子說道：「這次新疆之行，雖然到最後被人家擺了一道，但那也不能怪各位，我們自會解決，這是大家餘下的酬勞，每人五萬美元。各位也許想問：為什麼不讓我們回去？現在我來做個說明。各位明天一早就可以自行離開，並且之前所經歷的事與林家毫無關係，請你們出去後不要亂講；可如果大家想賺到更多的錢，那麼我們還可以繼續合作。」

「什麼，賺到更多的錢？有多少？」羅斯・高立刻來了興趣。林振文笑了，說：「我費了大力氣從各處將大家請來，自然不是想做一錘子買賣的，現在有一個計劃，不知道大家是否有興趣……」

郎世鵬、王植、宋越、史林、法瑞爾、姜虎、提拉潘和羅斯・高靜靜地聽著林振文的講述，漸漸都張大了嘴，再也合不攏。

又十天後，林振文書房密室。

田尋拄著單拐勉強坐在沙發裡，林振文和林之揚則在對面的座位上邊喝茶，邊笑瞇瞇地看著他。

田尋不知道有什麼事，他先問：「不知道林教授和林先生找我有什麼事？」

林氏父子對視一眼，林振文說：「當著明人不說假話，就由我來和盤托出吧！」

他把章晨光得到天馬飛仙底座、賣給林之揚，林之揚找王全喜組織人馬去湖州毗山練兵，到底座被尤全財指使丘立三從西安林家搶走，再到從北京尤宅偷回底座，由林之揚開啟了天馬機關取出茂陵地圖，最後放在老宅又被阿迪里偷去逃到喀什的全部過程，給田尋講了一遍，直聽得田尋恍然大悟，從湖州以來所有的疑團，在這一瞬間都解開了。

「怪不得……」他喃喃地說：「去湖州是讓我當替罪羊，到珠海是盼著我送掉性命，這次去喀什也是以尋找郎世鵬兒子的名義，其實是希望最好我出了事回不來！從頭到尾我一直都蒙在鼓裡，被你林教授耍得亂轉，自己卻還完全不知道！」

林氏父子笑著看田尋表情的變換。

田尋又問：「從阿迪里手裡奪回的布帛地圖呢？不是又被尤全財的黑衣槍手給搶跑了嗎？」林之揚道：「這個不用你操心，他已經給我送回來了。」

「什麼，又送回來了？」田尋奇道，「那他在喀什又為什麼搶走？為了好玩嗎？」

林之揚說道：「這件事暫時先不告訴你，以後有機會再對你講。田尋，經過了這麼多事情，我對你也十分賞識。開始是王全喜偶然讓你參加毗山之行，後來我覺得你是個知情人，想讓你去珠海執行危險任務，如果能送掉性命就免了我的後顧之

第四十七章　林之揚的攤牌

憂。可你福大命大安然返回，這令我很是佩服，而這次新疆之行你也出色地扮演了自己的角色，所以，我最終決定讓你參加開掘茂陵的工程，事成之後，你和我們林家全家移民加拿大，再讓小培和你結婚，全家共享天倫之樂，你看怎麼樣？」

田尋內心如翻江倒海，大腦一片空白，事情太突然令他沒有準備，他手顫抖著喝了口碧螺春，雙手把古月軒茶杯捏了又捏，抬頭道：「林教授，我不……我不想去！」

這句話大出林氏父子的意外，林振文欠身道：「怎麼你不想發大財，過上大富大貴的生活？」田尋心情複雜，他說：「我想……我想先考慮考慮，以後再給你答覆。」

「不行！」林之揚斬釘截鐵地道：「你必須現在就給我明確回答，而且一旦決定就不能反悔！」

田尋在心裡一萬個不想冒此大險，他說：「林教授，你並不缺錢，以你現在的地位和實力來說，可以隨時移民到任何一個國家，舒舒服服過下半輩子，可又為什麼非得開掘巨陵，冒天下之大不韙呢？這值得嗎？」

這話同時也說到了林振文的心坎裡，他看著父親，也在期待他如何作答。

林之揚放下茶碗：「田尋，你和我一樣都十分喜歡文物考古，也許你能理解我的心情，作為一個大半輩子研究考古的人，如果有機會目睹世界上最宏大、最輝煌的帝王陵墓而不去做，那真是一件最最痛苦的事。說實話，從我得到天馬之後，就無數次夢見自己舉著火把，而面前就是漢武帝那座無與倫比的龍船金槨，這信念就像磁石一般，牢牢地吸住我的大腦，所以我決定不惜一切代價，也要開掘茂陵！」

林振文輕輕嘆了口氣，知道父親的決定是不可動搖的了，於是也跟著勸說：「田尋，我知道這事是在犯罪，但你已經沒有回頭路了，從毗山回來你已經犯了好幾條罪，隨便哪條都夠你蹲上個十年八載，你好好想想吧！跟我林家作對可沒有好下場。」

林之揚抬頭示意他別再說，田尋渾身微微直抖，內心開始痛苦的鬥爭、煎熬。他的性格是好靜不好動，更沒有故意去做過任何違法之事，可自從去毗山盜墓，然後幫林教授到珠海抓丘立三，現在又去了新疆參加槍戰，可以說已經犯了好幾條國法，可如果真跟著他們去加拿大，那我父母怎麼辦？

他說：「那我爹媽怎麼辦？」

林之揚道：「你出國之後，國家是遣返不了你的，因為加拿大和中國沒有引渡條約，而現在又不像舊社會可以連坐，所以你的父母不會有任何瓜連，我調查過，他們都有養老金，下半輩子不會有問題的，大不了我可以先給他們幾十萬，這對我來說不算什麼。」

「不算什麼？」田尋霍地站起來，右腿傷口的劇疼令他險些摔倒，林振文連忙上去扶，田尋一伸手：「不用，我行！」又轉頭對林之揚說：「林教授，人人都有爹媽生父母養，相信你和我也一樣，如果我田尋被爸媽生到這個世上，又辛辛苦苦地養大成人，可我居然自己一人跑到國外去享福，把他們扔在國內孤苦伶仃？那生我這個兒子有什麼用？這種事虧你想得出來！」

林之揚萬沒想到田尋立時翻臉，他把臉一沉道：「田尋，在西安沒有人敢和我這麼說話。」

「算了吧，快收起你那一套！」田尋冷笑道，他實在是不想做這件事，乾脆藉機翻臉：「我知道你有錢，可你的錢買不來我的命！我的態度很明確：不幹！」

林振文冷笑幾聲：「田尋，如果某一天你們瀋陽當地的報紙頭版是這麼寫的：瀋陽年輕考古愛好者赴新疆探險，途中遭遇狼群意外喪生屍骨無存。你會做何感想？」

田尋頓時傻了：「你……你這是什麼意思？」

林振文哼了聲說：「你是聰明人，應該懂我的意思。如果你沒能活著回到瀋陽，西斯拍賣行的郎世鵬會說你死在新疆的探險之路上了，挺可惜的。所有人都會深信不疑，包括你父母、親戚朋友，還有林氏集團瀋陽分公司的所有人，這只不過是公司安排出差的意外，大不了賠你家人點錢，你想想：有人會懷疑到我們頭上嗎？」

「怎麼不會？」田尋大叫，「難道黑的能洗白嗎？」

林振文哈哈大笑：「你說得太對了，對我們林家來說，白貓和黑貓都是白貓，就算有人懷疑，我們也可以用錢擺平，錢能通神啊！」

田尋道：「你……你還敢害我不成？」

「為什麼不敢？我林振文又不是沒殺過人，雖然都不是我親手幹的，不過也沒什麼區別。說實話吧，要不是我妹妹林小培喜歡你，你早就沒命了！好好想想吧！」

田尋心裡激烈鬥爭，但大腦很冷靜，知道硬頂著是沒用的，這兩個衣冠禽獸什麼事都幹得出來，於是他裝出一副六神無主的樣子，說：「可是……我……我需要時間考慮一下，現在不能給你答覆，我得回家一趟。」

林之揚見田尋一副忠厚老實、進退兩難的表情，就知道他這種老實人根本不會耍花樣，他很大度地一揚手：「當然了，畢竟是你的親爹親娘啊，回去看看也應該，到時候我會將詳細計劃都告訴你，待一切就緒之後，你立刻趕到西安來。」

隨後林振文告訴他，會為他安排回瀋陽的機票，讓他回家先安心養傷。

田尋拄著拐，在女傭的陪護下慢慢走回自己房間，心亂如麻。

＊回到瀋陽的田尋立刻明確告訴林氏父子不參加盜漢行動，狡猾的林之揚自然不會善罷甘休。田尋先是在公司被調離原位，然後又莫名其妙地被捲入挪用公款之災，不但賠光身家，又欠了巨債。無奈的田尋為還清債務，暗中受僱於神祕人指使送貨，結果越陷越深，被全國通緝。林之揚找到田尋告知這一切都是他設的局，現在只有參加盜漢行動一條路可走。田尋大怒之下劫持林小培，卻發現她竟然也有不得已的苦衷。最後，大家一起進入費盡錢財掘開的茂陵，結果一行人在茂陵中遇到無數可怕之事，半路還殺出了程咬金，而這些卻僅僅是滅頂噩夢的開始……最終的結局，所有人的下場究竟怎樣？一切謎底將在《國家寶藏7——關中神陵》大結局之前篇中，全部揭曉。

國家寶藏 陸

國家寶藏陸 樓蘭奇宮II

作者　濬陽唐伯虎

發行人　林敬彬
主編　楊安瑜
編輯　蔡穎如
校對　王淑如
內頁編排　帛格有限公司
封面設計　Chris' Office

出版　大旗出版社　行政院新聞局北市業字第1688號
發行　大都會文化事業有限公司
11051 台北市信義區基隆路一段432號4樓之9
讀者服務專線：(02)27235216
讀者服務傳真：(02)27235220
電子郵件信箱：metro@ms21.hinet.net
網　　　址：www.metrobook.com.tw

郵政劃撥　14050529 大都會文化事業有限公司
出版日期　2010年9月初版一刷
定價　199元
ISBN　978-986-6234-02-6
書號　Story-08

4F-9, Double Hero Bldg., 432, Keelung Rd., Sec. 1, Taipei 11051, Taiwan
Tel:+886-2-2723-5216 Fax:+886-2-2723-5220
E-mail:metro@ms21.hinet.net
Web-site:www.metrobook.com.tw

國家圖書館出版品預行編目資料

國家寶藏6之樓蘭奇宮II / 濬陽唐伯虎著.
-- 初版. -- 臺北市：
大旗出版：大都會文化發行, 2010.09-
冊；　公分--(Story；8)

ISBN 978-986-6234-02-6(第6冊：平裝)

857.7　　99002606

大都會文化　讀者服務卡

書名：國家寶藏之樓蘭奇宮II

謝謝您選擇了這本書！期待您的支持與建議，讓我們能有更多聯繫與互動的機會。

A. 您在何時購得本書：______年______月______日

B. 您在何處購得本書：____________書店，位於____________(市、縣)

C. 您從哪裡得知本書的消息：

1.□書店　2.□報章雜誌　3.□電台活動　4.□網路資訊

5.□書籤宣傳品等　6.□親友介紹　7.□書評　8.□其他

D. 您購買本書的動機：（可複選）

1.□對主題或內容感興趣　2.□工作需要　3.□生活需要

4.□自我進修　5.□內容為流行熱門話題　6.□其他

E. 您最喜歡本書的：（可複選）

1.□內容題材　2.□字體大小　3.□翻譯文筆　4.□封面　5.□編排方式　6.□其他

F. 您認為本書的封面：1.□非常出色　2.□普通　3.□毫不起眼　4.□其他

G. 您認為本書的編排：1.□非常出色　2.□普通　3.□毫不起眼　4.□其他

H. 您通常以哪些方式購書：(可複選)

1.□逛書店　2.□書展　3.□劃撥郵購　4.□團體訂購　5.□網路購書　6.□其他

I. 您希望我們出版哪類書籍：（可複選）

1.□旅遊　2.□流行文化　3.□生活休閒　4.□美容保養　5.□散文小品

6.□科學新知　7.□藝術音樂　8.□致富理財　9.□工商企管　10.□科幻推理

11.□史哲類　12.□勵志傳記　13.□電影小說　14.□語言學習（_____語）

15.□幽默諧趣　16.□其他

J. 您對本書(系)的建議：

K. 您對本出版社的建議：

讀者小檔案

姓名：______________ 性別：□男　□女　生日：____年____月____日

年齡：□20歲以下 □21～30歲 □31～40歲 □41～50歲 □51歲以上

職業：1.□學生 2.□軍公教 3.□大眾傳播 4.□服務業 5.□金融業 6.□製造業

7.□資訊業 8.□自由業 9.□家管 10.□退休 11.□其他

學歷：□國小或以下 □國中 □高中／高職 □大學／大專 □研究所以上

通訊地址：______________________________

電話：（H）______________（O）______________ 傳真：______________

行動電話：__________________E-Mail：______________________

◎謝謝您購買本書，也歡迎您加入我們的會員，請上大都會文化網站 www.metrobook.com.tw 登錄您的資料。您將不定期收到最新圖書優惠資訊和電子報。

國家寶藏 陸 樓蘭奇宮II

北區郵政管理局
登記證北台字第9125號
免貼郵票

大都會文化事業有限公司
讀者服務部 收

11051台北市基隆路一段432號4樓之9

寄回這張服務卡〔免貼郵票〕
您可以：
◎不定期收到最新出版訊息
◎參加各項回饋優惠活動

大旗出版
BANNER PUBLISHING

大旗出版
BANNER PUBLISHING